Frederik Holm

W0209944

Allgemeinwissen trainieren

Erfolgreicher im Job, Studium & in der Schule. Schritt für Schritt zur besseren Allgemeinbildung dank cleverer Lerntechniken und spannendem Allgemeinwissen.

Originale Zweitausgabe Dezember 2020
herausgegeben durch KR Publishing.

2. Auflage

Bibliografische Information der Deutschen Nationalbibliothek

Die Deutsche Nationalbibliothek verzeichnet diese Publikation in der Deutschen Nationalbibliografie, detaillierte bibliografische Daten sind im Internet unter https://portal.dnb.de abrufbar.

Druck/ Auslieferung: Amazon oder Tochtergesellschaft
Independently published

ISBN:
978-3-948593-22-3 [ebook]
978-3-948593-83-4 [Taschenbuch]

Inhalt

Vorwort 4

Unser Geschenk an dich! 5

Kapitel 1: Erfolg durch Allgemeinwissen 6

Kapitel 2: Allgemeinwissen spielend leicht lernen & behalten 11

Kapitel 3: Die Wissenschaft der Lebewesen erkunden 23

Kapitel 4: Die Psyche des Menschen erkunden 29

Kapitel 5: Die Zusammensetzung, aus der alles besteht 35

Kapitel 6: Untersuchung der Naturphänomene 41

Kapitel 7: Die Zahlen, die die Welt zusammenhalten 47

Kapitel 8: Auf den Spuren unserer Vorfahren 53

Kapitel 9: Die Betrachtung der Erdoberfläche 61

Kapitel 10: Die Führung unserer heutigen Gesellschaft 67

Kapitel 11: Worte, die Geschichte schrieben 73

Kapitel 12: Kreativität, die niemals ihre Faszination verliert 79

Kapitel 13: Beschwingende Töne, die ihres Gleichen suchen 85

Kapitel 14: Glauben oder nicht glauben? 91

Kapitel 15: Denkansätze, deren Relevanz nicht vergeht 97

Kapitel 16: Die Faszination der Bewegung 103

Kapitel 17: Die praktische Umsetzung menschlicher Erkenntnisse 109

Kapitel 18: Die ökonomische Bedürfnisbefriedigung 115

Kapitel 19: Wer hat es gesagt? 121

Schlusswort 126

Weitere Werke des Autors 127

Weitere Werke von KR Publishing 128

Lust auf mehr? Unser Geschenk an dich! 130

Impressum 131

Vorwort

Man hört immer wieder, dass Bildung der Schlüssel zum Erfolg ist. Wer einen hohen Bildungsgrad hat, dem stehen alle Türen offen und der genießt ein hohes Ansehen. Doch das ist nur die halbe Wahrheit!

Denn der „Fachidiot“ steht nur selten besser da, als der smarte und clever wirkende Typ, der ein gutes Allgemeinwissen hat und bei jedem Thema mitreden kann, während der „Fachidiot“ stumm am Rande steht. Allgemeinwissen ist mindestens genauso wichtig wie eine gute Bildung – so wichtig, dass ein gutes Allgemeinwissen zu mehr Erfolg im Job, Studium, in der Schule, beim Dating und im privaten und beruflichen Alltag führt und von vielen sogar als Voraussetzung für einen erfolgreichen Werdegang gesehen wird.

Wenn du dich also wunderst, wie die eine Person beim Quiz jede Frage richtig beantworten kann, warum die anderen so viel wissen und immer gute Noten schreiben und wieso der eine Kollege dauernd mit dem Chef über alles Mögliche quatschen kann, während du nur stumm daneben stehst, dann wird ein besseres Allgemeinwissen der Gamechanger für dich!

Erfahre mehr über clevere und simple Strategien, mit denen du deinen Wissensschatz spielerisch leicht erweitern kannst und mit denen du Wissen langfristig behältst. Zusätzlich bekommst du wichtiges und wertvolles Allgemeinwissen aus 16 verschiedenen Bereichen, sodass du immer weißt worum es gerade geht und so immer mitreden kannst.

Viel Spaß mit der überarbeiteten zweiten Auflage dieses Klassikers. Lass uns gemeinsam die spannende Welt des Allgemeinwissens entdecken und dir zu mehr Erfolg in zahlreichen Bereichen verhelfen.

Frederik Holm

Unser Geschenk an dich!

Vielen Dank für den Kauf von diesem Buch und deinem damit verbundenen Vertrauen in uns als Herausgeber und in Frederik Holm als Autor dieses großartigen Buchs. Das bedeutet uns wirklich viel, weshalb wir dir den Ratgeber „Habit Hacks - 10 unscheinbare Schlüssel Gewohnheiten, die dein Leben verändern“, als Download schenken-vollkommen gratis! Zudem möchten wir dir die Möglichkeit eines direkten Austauschs mit dem Autor anbieten. So kannst du z.B. deine Fragen, dein Feedback oder deine Anregungen Frederik zukommen lassen - eine tolle Möglichkeit für die Kommunikation zwischen Leser und Autor!

Diese kleinen und unscheinbaren Schlüssel Gewohnheiten verändern dein Leben - erfahre:

- ✓ wie eine kleine Veränderung beim Duschen deine Disziplin stärkt und dir einen Energiekick verschafft...
- ✓ wie eine Prise Salz dir einen Kickstart am Morgen verschaffen kann...
- ✓ wie eine kleine Einstellung an deinem Smartphone & Computer deinen Schlaf verbessert...
- ✓ noch weitere geniale und unscheinbare Habit Hacks!

Wenn du bereit bist, dein Leben mit einigen simplen Habit Hacks auf das nächste Level zu bringen, dann schaue am Ende nach deinem persönlichen Zugang.

Kapitel 1: Erfolg durch Allgemeinwissen

Bevor wir tiefer in die Thematik des Allgemeinwissens und der Allgemeinbildung eintauchen, sollten wir erst einmal einige Grundlagen besprechen, um ein besseres Verständnis für das Thema zu entwickeln. Dementsprechend geht es in diesem Kapitel darum, was es mit dem Begriff auf sich hat und was es generell zu dem Thema zu wissen gibt.

Was bedeutet Allgemeinwissen?

Unter dem Begriff Allgemeinwissen versteht man Wissen, das allgemein bekannt sein sollte, sodass man es voraussetzen kann. Allerdings muss man anmerken, dass es keine einheitliche Definition dieses Begriffes gibt. Es geht dabei um Wissen, das man in der Regel als Normalsterblicher mit einem durchschnittlichen Zugang zu Bildung erlernen kann. Dabei kommt natürlich die Frage auf, wie man zu diesem Wissen gelangt, schließlich ist auch nicht jeder Mensch, der die gleiche Schulbildung genossen hat, gleich gut, was das Allgemeinwissen anbelangt. Das hängt damit zusammen, dass Allgemeinwissen zwar durchaus in der Schule und anderen Bildungseinrichtungen erlernt werden kann, darüber hinaus aber auch die Erziehung und sonstige Beschäftigungen eine Rolle spielen. Oftmals ist unser Allgemeinwissen nämlich Wissen, das wir uns nicht bewusst aneignen, sondern unwillkürlich aus unserem alltäglichen Leben übernommen haben. Heutzutage wird ein Großteil der Allgemeinbildung über die verschiedenen, vor allem digitalen Medien vermittelt.

Allgemeinbildung vs. Allgemeinwissen

Wer glaubt, dass Allgemeinwissen und Allgemeinbildung gleichzusetzen sind, irrt sich leider. Denn tatsächlich setzt sich die Allgemeinbildung aus dem Allgemeinwissen eines Menschen zusammen. Jeder Mensch muss über ein gewisses Maß an Allgemeinbildung verfügen, um dazu in der Lage zu sein, sich kritisch mit Sachverhalten auseinandersetzen zu können. Denn ohne die nötigen Grundkenntnisse kann man sich überhaupt nicht mit verschiedenen Themen der Gesellschaft befassen.

Allgemeinwissen macht dich erfolgreicher!

Ein umfangreiches Allgemeinwissen kann dich in zahlreichen Bereichen erfolgreicher machen – in der Schule, im Studium, im Job und sogar beim Dating!

Wenn du viel weißt, diverse Informationen immer griffbereit hast und dadurch über mehrere Ecken denken oder neue Informationen verknüpfen kannst, dann kannst du Sachverhalte schneller erschließen, immer mitreden und selbst bei Themen, zu denen du nichts weißt, schlaue Fragen stellen. Je mehr Wissen dein Gehirn aufnimmt und speichert, desto effizienter arbeitet es und desto besser ist dein Gehirn vernetzt – darauf deuten wissenschaftliche Untersuchungen hin.

Menschen, die bei einem Quiz gefühlt jede Frage richtig beantworten können und die einfach zu jedem Thema etwas Schlaues bzw. Sinnvolles zu sagen haben, sind nicht unbedingt intelligenter als andere Menschen – sie wirken jedoch intelligenter, weil ihr Allgemeinwissen überdurchschnittlich gut ist und ihre Gehirne besser vernetzt sind. Daher ist für viele Menschen ein gutes Allgemeinwissen enorm wichtig – so wichtig, dass es als Voraussetzung für Erfolg und Anerkennung im privaten und beruflichen Bereich gilt. Gut gebildete Menschen haben ein höheres Selbstbewusstsein, mehr Vertrauen in sich und die eigenen Fähigkeiten und wirken intelligenter.

Bist du also gut informiert und weißt, was in der Welt vor sich geht, kannst du viel öfter mit Bekannten, dem Chef oder beim Meeting mitreden und punkten. Dein Ansehen steigt, du knüpfst schneller Kontakte und stehst häufiger im Mittelpunkt. Anstatt als Außenseiter immer nur am Rand von Gesprächen zu stehen, kannst du dich aktiv beteiligen und so einen bleibenden Eindruck hinterlassen.

Dieser Aspekt wird gerne unterschätzt, dabei spielt er eine wichtige Rolle in zwischenmenschlichen Beziehungen und in der Fremdwahrnehmung. So kannst du beispielsweise bei einem Bewerbungsgespräch deinen zukünftigen Chef von dir überzeugen, indem du dein umfangreiches Allgemeinwissen clever während des Gesprächs einsetzt. Anhand dessen kann man diverse Eigenschaften wie Neugierde, Lernbereitschaft, Offenheit und Intelligenz ableiten. Wen stellt ein Chef eher ein, den smarten und cleveren Typen, der zu jedem Thema eine passende Antwort hat oder den ahnungslosen Typen, der sich sichtbar irgendwas zusammenreimen muss und bei jedem Wort Angst hat, sich zu blamieren?

Natürlich den, der smarter und cleverer rüberkommt!

Zusammenfassend kann man also sagen: Menschen, die viel wissen, haben es oft einfacher im Leben. Sie klettern die Karriereleiter empor, schreiben Bestnoten und kommen bei anderen Menschen besser an. Daher lohnt es sich für das gesamte Leben, Zeit und Energie in ein gutes Allgemeinwissen zu investieren!

Muss ich jetzt zum wandelnden Lexikon werden?

Niemand erwartet von dir, alles bis ins kleinste Detail zu wissen, die Länge von jedem Fluss zu kennen und auf die Minute genau zu wissen, wann die Berliner Mauer gefallen ist. Es geht nicht darum, ein wandelndes Lexikon zu sein, sondern die wichtigsten Dinge zu wissen, zu kennen und einfach zu verstehen, worum es geht. Es ist nicht zielführend die genaue Einwohnerzahl und Größe von New York zu kennen, es reicht, wenn du weißt, dass New York sowohl eine Großstadt (genau genommen New York City, NYC) als auch ein Bundesstaat in den USA ist und beide im Osten liegen. Wenn du diese Infos in deinem Kopf verankert hast, kannst du in Sekundenschnelle Fakten wie Einwohnerzahl, Größe usw. herausfinden.

Im 21. Jahrhundert kann punktuelles Faktenwissen für Tests, Prüfungen oder Einstellungstests enorm wichtig sein, für den privaten und beruflichen Alltag reicht dagegen ein gutes Allgemeinwissen. Versuch dir also nicht krampfhaft zu merken, dass NYC im Jahr 2018 insgesamt 8.398.748 Einwohner hatte, merk dir stattdessen, dass dort knapp 10 Millionen Menschen leben.

Wie bekomme ich ein gutes Allgemeinwissen?

Du beginnst schon in jungen Jahren damit, dein Allgemeinwissen Schritt für Schritt aufzubauen. Deine Eltern haben dir als Kind interessante Dinge und Geschichten erzählt, du hast im Kindergarten hier und da Allgemeinwissen aufgeschnappt und spätestens in der Grundschule hast du aktiv, aber meist unbewusst, damit begonnen, dir einen immer größeren Schatz an Allgemeinwissen aufzubauen. Du hast Bücher und Texte gelesen, für Tests und Arbeiten gelernt und immer mehr Dinge gelernt. Einen Großteil hast du zwar wieder vergessen, aber ein guter Teil ist doch hängengeblieben.

So hast du dir bis zu deinem Schulabschluss bereits ein solides Grundwissen angeeignet und während des Studiums, der Ausbildung oder im Job hast du deinen Wissensschatz ebenfalls ausgebaut. Einen Großteil deines Allgemeinwissens hast du also aus Bildungsinstitutionen oder aus dem beruflichen Alltag. Einen Teil hast du von deinen Eltern und deinem Umfeld und einen weiteren Teil hast du ganz nebenbei durch Filme, Musik, Nachrichten, Bücher, Zeitschriften, Podcasts und das Internet aufgenommen. Es ist beinahe unmöglich, dass du nicht mit Allgemeinwissen in Berührung gekommen bist. Jeder Mensch hat also einen gewissen Wissensstand, der sich jedoch individuell unterscheidet. Der eine ist interessierter an Geschichte als der andere und hat somit in den Geschichtsstunden alles wie ein Schwamm aufgesaugt, dafür kennt sich eine andere Person besser mit Sport aus.

So lässt sich, wie bereits erwähnt, anhand des Allgemeinwissens ableiten, wie neugierig, offen und interessiert eine Person an Thema XY ist. Nur weil du bisher einen Großteil deines Allgemeinwissens nebenbei aufgebaut hast, heißt es nicht, dass du es nicht aktiv verbessern kannst. Du kannst sogar sehr viel tun, um dein Allgemeinwissen, deine Allgemeinbildung und damit deinen Erfolg zu erhöhen! Bisher hast du deinen Wissensschatz quasi nebenbei und ohne Druck aufgebaut. Nun hast du dich bewusst dafür entschieden, dein Allgemeinwissen in deine eigene Hand zu nehmen und aktiv zu verbessern – sonst würdest du dieses Buch nicht in den Händen halten.

Deshalb schauen wir uns im nächsten Kapitel an, wie du überhaupt dein Allgemeinwissen verbesserst und wie du es langfristig behalten kannst, denn einfach einmal alles durchzulesen reicht nicht aus. Du erfährst einige clevere Lerntechniken und Möglichkeiten, mit denen du zahlreiche interessante Dinge fest in deinem Gehirn verankerst.

Kapitel 2: Allgemeinwissen spielend leicht lernen & behalten

Lernen ist etwas, was die meisten Menschen eher ungerne machen. Wenn sie die Wahl zwischen dem ungeliebten Abwaschen oder dem Lernen haben, würden die meisten wohl tatsächlich den Abwasch wählen, nur damit sie nicht „büffeln" müssen. Früher war es cool, in der Schule schlecht zu sein und keine Ahnung von Mathe zu haben. Jetzt ist es ziemlich uncool, keine Ahnung von nichts zu haben... wie schnell sich die Zeiten ändern können. Bevor du vernünftig lernen und dein Allgemeinwissen verbessern kannst, musst du erstmal dein Mindset und deine Einstellung zu dem Ganzen ändern!

Warum Lernen „uncool" ist

Oftmals liegt die Ursache darin schon in unserer Kindheit. In der Regel sind die ersten Dinge, die wir lernen noch spannend und machen uns Spaß. Sei es das Laufenlernen, Sprechen oder etwas anderes Grundlegendes. Sobald wir dann in die Schule kommen und spätestens wenn wir die Grundschule hinter uns gelassen haben, ändert sich bei vielen so langsam die Einstellung zum Lernen. Viele haben keine wirkliche Lust zu lernen und Spaß macht es erst recht nicht. Die Ursache dafür liegt meist in der Tatsache, dass Menschen sich schwertun, wenn sie das Gefühl haben, ihnen sei etwas aufgezwungen worden. Wir machen Dinge grundsätzlich lieber, wenn wir uns aus freien Stücken für sie entscheiden. Und tatsächlich kann man gar nicht in jedem Themenbereich gleich gut sein und gleich viel Spaß daran haben. Es werden immer Themen dabei sein, die einem mehr liegen, an denen man ein höheres Interesse hat und von denen man sich dann auch letztendlich lieber Wissen aneignet. Wenn wir die Schule irgendwann hinter uns gelassen haben und uns für den weiteren Verlauf unseres Weges entscheiden, nimmt das Lernen meist kein Ende. Denn sowohl im Zuge eines Studiums als auch einer Ausbildung, kommt man um's Lernen nicht herum, möchte man auch nur halbwegs akzeptable Leistungen erbringen.

Aber auch dazu raffen sich die meisten notgedrungen auf und verbringen viele Stunden mit dem Aneignen von Lernstoff, der das Gehirn oftmals keine Woche nach Ablieferung des Wissens weitestgehend wieder verlassen hat. Gehen wir daran anschließend einem ausgewählten Beruf nach, nimmt das erzwungene Lernen meistens ab. Doch auch in unserer Freizeit hat die Bereitschaft, freiwillig etwas Neues zu lernen, abgenommen. Unabsichtlich eignen wir uns durch die verschiedenen äußeren Einflüsse neue Dinge an, aber für das gezielte Lernen nehmen sich die meisten keine Zeit – schließlich hat man in der Schule, im Studium oder der Ausbildung schon genug gelernt. So wird das aber leider nichts mit einer besseren Allgemeinbildung...

Dein Mindset ist entscheidend

Bevor du damit beginnst, dein Allgemeinwissen zu verbessern, solltest du dir klar machen, warum du es überhaupt verbessern willst. Du musst deine Einstellung von Grund auf ändern und dir vor Augen führen, welche positiven Einflüsse und Veränderungen ein besseres Allgemeinwissen für dich und dein Leben bedeuten.

Du willst nicht einfach nur mehr wissen, du willst stattdessen mehr Anerkennung, einen besseren Beruf, bessere Noten, mehr Erfolg im Job, eine smarte Partnerin bzw. ein smarter Partner sein, immer mitreden können und so weiter. Du musst also den wahren Grund herausfinden, warum du dir Wissen aus den verschiedensten Bereichen aneignen und deine Freizeit mit „Büffeln" verbringen solltest, anstatt einfach auf der Couch deine Lieblingsserie zu schauen. Sobald du dir darüber im Klaren bist, warum du das Ganze machst, solltest du dir ein Ziel setzen. Einfach nur „mein Allgemeinwissen erhöhen" ist kein gutes Ziel, da es viel zu ungenau ist, du es nicht messen kannst und du schnell die Motivation verlieren wirst. Setze dir stattdessen ein SMARTes Ziel!

SMART steht für Spezifisch, Messbar, Ambitioniert, Realisierbar und Terminiert. Wenn du das obige Ziel SMART gestalten möchtest, dann könnte es z.B. so aussehen: *Ich konnte am 01.10.2021 insgesamt 50 Fragen aus diesem Buch mühelos beantworten und somit mein Allgemeinwissen erheblich verbessern.*

- ✓ Dieses Ziel ist **spezifisch**, da du 50 Fragen aus diesem Buch beantworten willst.
- ✓ Es ist auch **messbar**, da du dieses Ziel anhand der 50 Fragen messen kannst.
- ✓ Wenn du dir dafür zum Beispiel vier Wochen Zeit gibst, dann ist es auch **ambitioniert**. Planst du stattdessen sechs Monate ein, hast du zu viel Zeit und es ist an sich mühelos machbar. Achte darauf, dass es knackig ist das Ziel zu erreichen, aber nicht zu knackig.
- ✓ Denn es muss auch **realisierbar** sein. Alle Fragen aus diesem Buch in vier Wochen zu lernen ist knackig, aber vielleicht nicht machbar, wenn du nur eine Stunde pro Tag Zeit hast und Vollzeit arbeitest.
- ✓ Und dieses Ziel ist **terminiert**. Du setzt dir selbst eine Deadline, bis wann du die 50 Fragen können willst. Dieser Punkt ist extrem wichtig. Der britische Soziologe C. Northcote Parkinson hat dazu ein eigenes Gesetz formuliert: *„Arbeit dehnt sich in genau dem Maß aus, wie Zeit für ihre Erledigung zur Verfügung steht."* Ohne Deadline wirst du niemals dein Ziel erreichen, deshalb solltest du es immer terminieren und das Parkinsonsche Gesetz beachten.

Jetzt wo du weißt, warum du dein Allgemeinwissen verbessern und was du in welchem Zeitraum erreichen willst, bekommst du clevere und simple Lerntechniken an die Hand, mit denen das Lernen Spaß macht!

Allgemeinwissen fast mühelos lernen

Wenn du langfristig, effizient und fast schon mühelos lernen willst, solltest du folgende drei Dinge verstehen: über welche Sinne du Informationen aufnimmst, was der Unterschied zwischen deinem Kurzzeit- und Langzeitgedächtnis ist und welcher Lerntyp du bist.

Du kannst Informationen über deine fünf Sinne aufnehmen: Sehen, Hören, Riechen, Tasten und Fühlen. Die aufgenommenen Informationen sind Reize, die von den Synapsen in deinem Gehirn an die Neuronen weitergegeben werden und letztlich an der richtigen Stelle im Gehirn landen. Je öfter derselbe Reiz wiederholt wird, desto stärker werden die Synapsen und desto leistungsfähiger und effizienter wird letztlich dein Gehirn. Dieser Prozess ist natürlich sehr viel komplexer und umfangreicher, aber diese sehr vereinfachte Darstellung soll für unser Vorhaben genügen. Aufgenommene Informationen landen zunächst im Kurzzeitgedächtnis und werden dort für wenige Sekunden bzw. Minuten gespeichert, bevor sie gelöscht werden oder ins Langzeitgedächtnis übernommen werden. Wenn du einen TAN für eine Überweisung bekommst und diesen beim Online Banking verwenden musst, speicherst du den TAN für einige Sekunden in deinem Kurzzeitgedächtnis und löscht ihn quasi automatisch und unbewusst wieder, nachdem du ihn verwendet hast, da er für die Zukunft irrelevant geworden ist. Den PIN deiner Bankkarte verwendest du dagegen deutlich öfter, sodass es diese Information nach einigen Wiederholungen in dein Langzeitgedächtnis geschafft hat und immer auf Abruf ist.

Du merkst dir also Informationen langfristig, wenn du sie ständig wiederholst oder wenn sie einen „emotionalen Wert“ haben. Beispielsweise erinnerst du dich ein Leben lang an deinen ersten Kuss (obwohl du ihn nur einmal erlebt hast), vergisst aber oft das komplizierte und lange Passwort, das du nur einmal pro Monat brauchst. Soweit so gut – jetzt musst du noch verstehen und erkennen, welcher Lerntyp du bist und wie du Informationen am besten aufnehmen, verarbeiten und speichern kannst. Es gibt insgesamt sechs verschiedene Lerntypen, die Informationen und damit auch das Allgemeinwissen in diesem Buch auf eine unterschiedliche Art und Weise lernen können.

Der **visuelle** *Lerntyp*

Wenn du zu dem visuellen Lerntypen gehörst, dann kannst du Informationen besonders gut über Bilder, Grafiken, Skizzen und über das geschriebene Wort aufnehmen. Es ist für dich oft ausreichend, einen Text zu lesen oder ein Bild zu sehen und schon hast du die Information gelernt. Du hast immer fleißig mitgeschrieben, Skizzen angefertigt und musstest einfach irgendetwas sehen, um es wirklich nachvollziehen zu können – einfach nur etwas zu hören und dann zu lernen ist nicht deine Stärke.

Der **auditive** *Lerntyp*

Gehörst du dagegen zum auditiven Lerntypen, so reicht es dir oft aus, Informationen einfach nur zu hören. Du bist dann vermutlich jemand, der sich Liedtexte sehr gut merken kann und der in der Schule oder im Studium einfach nur aufmerksam zuhören musste, um den Stoff zu lernen.

Der **motorische** *Lerntyp*

Wenn du jemand bist, der sich gerne bewegt und der gerne experimentiert, dann gehörst du dem motorischen Lerntypen an. Du kannst langweiligen Frontalunterricht nicht ausstehen und willst alles am liebsten direkt in die Praxis umsetzen und ausprobieren.

Der **kommunikative** *Lerntyp*

Als kommunikativer Lerntyp nimmst du Informationen am besten während eines kommunikativen Austauschs auf. So saugst du Informationen während eines Gesprächs wie ein Schwamm auf und dir fällt es sehr leicht, anderen Dinge zu erklären.

Der **personenorientierte** *Lerntyp*

Als personenorientierter Lerntyp fokussierst du dich stark auf eine Person, die Informationen vermittelt. Herrscht eine gewisse Sympathie zwischen dir und der Person, kannst du Informationen extrem gut von dieser Person lernen.

Der **medienorientierte** *Lerntyp*

Wenn du gerne auf die menschliche Komponente verzichtest und am liebsten über das Internet bzw. dein Smartphone oder deinen Computer lernst, dann bist du ein medienorientierter Lerntyp. Du bist vertraut mit Technik aller Art und brauchst niemanden aus Fleisch und Blut, der dir Wissen vermittelt.

In der Praxis bist du in der Regel eine Mischform aus mehreren Lerntypen. Zum Beispiel bist du ein visuell-auditiver Lerntyp oder ein personenorientiert-kommunikativer Lerntyp. Du kannst Informationen über mehrere Sinneskanäle aufnehmen und verschiedene Strategien miteinander kombinieren, um dir Allgemeinwissen langfristig anzueignen.

Und nun? Richtig und angepasst lernen!

Jetzt musst du dir darüber klar werden, welcher Lerntyp du bist und wie du Informationen so gut wie möglich aufnehmen und verarbeiten kannst, um sie so effizient und schnell wie möglich aus deinem Kurzzeit- in dein Langzeitgedächtnis zu „verschieben“. Schauen wir uns einige Möglichkeiten an, die deinem Lerntypen optimal entsprechen.

‣ *Allgemeinwissen lernen als* **visueller** *Lerntyp*

Zunächst solltest du eine saubere und aufgeräumte Lernumgebung schaffen, sonst wirst du von zahlreichen Kleinigkeiten abgelenkt. Dir wird es wahrscheinlich schon enorm weiterhelfen, wenn du das Allgemeinwissen in diesem Buch liest, die wichtigsten Stellen markierst und einige Kritzeleien oder Skizzen anfertigst. Du kannst unterstützend auch gezielt Videos zu den einzelnen Informationen aus diesem Buch anschauen. So sorgst du für Wiederholung und beziehst weitere Sinneskanäle wie das Hören in deinen Lernprozess ein.

▸ *Allgemeinwissen lernen als* **auditiver** *Lerntyp*

Das reine Lesen dieses Buches wird dir in der Regel nicht reichen – du musst das Allgemeinwissen auch hören. Dazu kannst du den Text laut vorlesen oder eine andere Person fragen, ob sie dir vorlesen kann. Du kannst dir ebenfalls Videos anschauen, Podcasts oder Hörbücher anhören. Es kann auch hilfreich sein, beim Lesen und Lernen Musik zu hören. Dabei solltest du jedoch auf Lieder mit Texten verzichten und stattdessen auf die Soundtracks von Filmen und Videospielen zurückgreifen (***Tipp: Hans Zimmer bei YouTube eingeben***).

▸ *Allgemeinwissen lernen als* **motorischer** *Lerntyp*

Anstatt deinen inneren Bewegungsdrang zu unterdrücken und wertvolle Energie darauf zu verschwenden, solltest du ihm freien Lauf lassen und dich bewegen, im Raum rumlaufen, kippeln, mit deinem Stift rumspielen und alles machen, was du machen willst. Schnapp dir also dieses Buch, bewege dich und erzähle deiner Pflanze, deinem Haustier, der Wand oder einer anderen Person das Allgemeinwissen, das du gerade liest und lernst. So kannst du die Informationen deutlich effektiver aufnehmen.

▸ *Allgemeinwissen lernen als* **kommunikativer** *Lerntyp*

Suche dir eine andere Person und erzähle ihr alles, was du lernst. Oder lasse dich von der anderen Person abfragen, sodass es zu einem kommunikativen Austausch kommt. Du kannst das Ganze auch als Quiz durchführen und so das Lernen spielerisch gestalten. Erzähle einfach allen möglichen Personen all die interessanten Dinge, die du in diesem Buch lernst.

- *Allgemeinwissen lernen als* **personenorientierter** *Lerntyp*

Wie beim kommunikativen Lerntypen, brauchst du eine andere Person, um effizient neues Wissen aufnehmen zu können. Frage deinen besten Freund, deinen Partner oder deine Eltern, ob sie mit dir gemeinsam ihr Allgemeinwissen auffrischen wollen (und erzähle von den zahlreichen Vorteilen, die ein gutes Allgemeinwissen mit sich bringt). Du kannst das Ganze ebenfalls mit einem Quiz verbinden oder der anderen Person einfach alles erzählen, was du lernst.

- *Allgemeinwissen lernen als* **medienorientierter** *Lerntyp*

Schaue dir Videos, Zeitschriften, Dokumentationen oder andere Internetseiten an. Du brauchst keine anderen Menschen, sondern kommst hervorragend mit anderen Medien wie diesem Buch oder YouTube Videos aus.

Wenn du weißt, wie du Informationen am besten aufnehmen kannst, musst du noch dafür sorgen, dass diese auch im Langzeitgedächtnis landen. Der Psychologe Herman Ebbinghaus gilt als ein Pionier der Gedächtnisforschung und befasste sich mit dem Vergessen von Wissen. Seine Vergessenskurve besagt, dass neu gelerntes Wissen nach 20 Minuten bereits zu 40 % vergessen ist. Nach einer Stunde sind bereits 55 % vergessen und nach einem Tag ganze 67 %. Dauerhaft werden 85 % des neu gelernten Wissens vergessen! Wenn du dir dieses Buch also durchliest, kannst du dich nach einiger Zeit nur noch an 15 % des Inhalts erinnern – doch zum Glück können wir dem entgegenwirken.

Wenn du möglichst viel Allgemeinwissen langfristig behalten möchtest, solltest du beim Lernen mehrere Kanäle miteinbeziehen. Wenn du eine neue Information einfach nur siehst oder hörst, ist es bei Weitem nicht so effektiv, wie wenn du sie siehst, hörst, wiederholst und anwendest. Da du ein Mischtyp aus zwei oder drei Lerntypen bist, kannst und solltest du Informationen über mehrere Sinne aufnehmen. Mit der passenden Lerntechnik behältst du das Allgemeinwissen noch besser und noch länger, daher schauen wir als Nächstes einige clevere Lerntechniken an, mit denen du Allgemeinwissen noch besser lernen kannst.

Karteikarten – der Klassiker

Mit Karteikarten kannst du Allgemeinwissen durch eine konstante Wiederholung in deinem Langzeitgedächtnis speichern. Du schreibt einfach die Fragen aus diesem Buch auf die eine Seite der Karte und die Lösung auf die andere Seite. Im Idealfall fasst du das Wissen zusammen, gibst es mit eigenen Worten wieder und liest jede Karte laut vor – so steigerst du den Lerneffekt nochmals.

Der Schlüssel zum Erfolg bei den Karteikarten ist die Wiederholung und das Sortieren. Es bietet sich an, dass du sechs Stapel (oder Fächer, falls du eine Box benutzt) verwendest. Auf den ersten Stapel kommen alle neuen Karten und damit neues Allgemeinwissen. Diesen Stapel gehst du täglich ein bis zwei Mal durch. Hast du das Allgemeinwissen von der Karte gelernt, wandert die Karte auf den zweiten Stapel – falls nicht, bleibt die Karte im ***ersten Stapel***.

Den ***zweiten Stapel*** gehst du jeden zweiten Tag durch. Konntest du das Wissen von der Karte auswendig, wandert sie auf den dritten Stapel. Falls nicht, geht es zurück zum ersten Stapel.

Den ***dritten Stapel*** gehst du einmal pro Woche durch. Bestimme dafür einen festen Tag und eine feste Uhrzeit und mache z.B. aus deinem Sonntagabend einen „Quizabend am Sonntag“, bei dem du dich selbst testest. Wenn du die Karte gemeistert hast, wandert sie auf den vierten Stapel. Falls nicht, dann wandert sie auf den zweiten Stapel.

Der ***vierte Stapel*** wird alle zwei Wochen durchgearbeitet. Du kannst ihn perfekt im Anschluss an den dritten Stapel deines Quiz abends am Sonntag durchgehen. Hast du die Karte gemeistert, geht es weiter zum fünften Stapel. Falls nicht, dann zurück zum dritten Stapel.

Der ***fünfte Stapel*** wird einmal pro Monat durchgearbeitet. Schnapp dir dazu den ersten oder den letzten Tag im Monat und mache ihn zu deinem offiziellen „Erfolgreicher durch Allgemeinwissen"-Tag. Hast du die Karten gemeistert, geht es weiter zum sechsten und damit finalen Stapel. Falls nicht, geht es zurück zum vierten Stapel.

Der ***sechste Stapel*** ist der finale Stapel. Diesen schaust du dir einmal in sechs Monaten an. Den Großteil müsstest du bereits in- und auswendig können, schließlich ist die Karte zahlreiche Wiederholungen und Stapel durchlaufen. Solltest du das Allgemeinwissen auf der Karte doch vergessen haben, geht es zurück zum fünften Stapel. Hast du die Karte gemeistert, bleibt sie einfach drin und wird in sechs Monaten noch einmal wiederholt.

Mindmapping – für die Visuellen

Besonders visuelle Lerntypen profitieren von der Erstellung einer Mindmap. Du lernst über mehrere Kanäle, musst dein Wissen sinnvoll strukturieren und verknüpfen. Zudem kannst du die Mindmap kontinuierlich erweitern und grafisch ansprechend gestalten.

Du kannst deine Mindmap mit den 16 Themen in diesem Buch starten und die einzelnen Informationen grafisch darstellen und verknüpfen. Oft kannst du Informationen aus verschiedenen Themen miteinander in Verbindung setzen und so eine noch präzisere „Landkarte" deines Allgemeinwissens erstellen. Bei der Erstellung solltest du darauf achten, dass du die einzelnen Punkte kurz und knapp formulierst und mit Stichpunkten arbeitest. So schreibst du nicht stumpf den Text aus diesem Buch ab, sondern überlegst dir, was wirklich wichtig ist.

Loci – die Route zum Wissen

Bei der Loci-Methode suchst du dir gedanklich eine Route und verbindest verschiedene Punkte entlang der Route mit deinem Allgemeinwissen. So kannst du beispielsweise gedanklich durch dein

Wohnzimmer gehen und mit jedem Möbelstück einen Happen Allgemeinwissen verknüpfen. So kannst du dir besonders viel Wissen aneignen, da du nicht stumpf irgendetwas auswendig lernen musst, sondern immer einen roten Faden in Form deiner Route hast, die mit informativen Haltepunkten verknüpft ist. Schließlich kennst du den Weg zu dir nach Hause auch auswendig und du kennst sicherlich auch jeden Stein und jedes Haus auf deinem Weg.

Du kannst Allgemeinwissen mit der Loci-Methode in vier Schritten fast mühelos lernen:

➡ Schritt 1: der Ort

Als Erstes wählst du einen Ort, den du sehr gut kennst und den du vor deinem geistigen Auge sehen kannst. Dafür eignen sich beispielsweise dein Zuhause (bzw. verschiedene Räume in deinem Zuhause), deine Schule oder Universität, dein Arbeitsplatz oder der Weg zu Freunden.

➡ Schritt 2: die Routenpunkte

Jetzt überlegst du dir eine Route durch den ausgewählten Ort. Nimm für den Anfang gut unterscheidbare Punkte wie zum Beispiel verschiedene Möbelstücke, aber nicht „zu kleine" Punkte wie zum Beispiel einzelne Bücher in deinem Bücherregal. Die Route sollte so effizient wie möglich durch den Ort führen und nicht kreuz und quer, so bringst du dich nur selber durcheinander. Eine kleine Skizze des Ortes und der Route ist ebenfalls empfehlenswert, damit du keinen Haltepunkt vergisst.

➡ Schritt 3: die Verknüpfung

Jetzt verknüpfst du die einzelnen Haltepunkte mit einzelnen Informationen. Dazu gehst du deine Route im Geiste durch, hältst bei jedem Haltepunkt an und verknüpfst diesen fest mit der jeweiligen Information. Stell es dir so bildlich wie möglich vor und verbinde die einzelnen Haltepunkte im Idealfall mit passenden Informationen. So könnte der Fernseher z.B. mit dem Datum der Erfindung des Farbfernsehens verknüpft werden.

➡ Schritt 4: der Spaziergang

Wenn die Route fertig ist und alle Informationen verknüpft wurden, kannst du im Geiste einen Spaziergang entlang der Route machen und die einzelnen Haltepunkte anpeilen – bei jedem Stopp führst du dir die verknüpfte Information vor Augen. So wächst dein Allgemeinwissen Route für Route und du behältst zahlreiche Informationen auch langfristig im Kopf.

Jetzt hast du alles, was du brauchst, um dir einen umfassenden Wissensschatz aufbauen zu können! Mit den drei oben genannten Lerntechniken und dem Wissen zu deinem Lerntypen ist das Lernen eine Leichtigkeit – vorausgesetzt, du hast dir ein SMARTes Ziel gesetzt, weißt, warum du das Ganze machst, und bleibst langfristig am Ball.

Wenn du noch tiefer in das Thema Lernen eintauchen möchtest, kann ich dir wärmstens mein Buch ***„EINSERKANDIDAT – Stressfrei zur Bestnote"*** empfehlen. Dort erfährst du weitere clevere Lerntechniken und erfährst, wie du bessere Noten in der Schule oder im Studium schreibst und gleichzeitig mehr Freizeit hast – wie du also stressfrei zu Bestnoten gelangst.

Allgemeinwissen aus 16 Themen

Der Begriff des Allgemeinwissens ist zugegebenermaßen ein breit gefasster Begriff. Unter diesem Begriff können sich nur die wenigsten Menschen etwas vorstellen und es gibt keine allgemeingültige Definition. Ich habe in meinem Freundes- und Bekanntenkreis eine Umfrage gemacht und zahlreiche Personen gefragt, was für sie Allgemeinwissen ist. Daraus ist eine ziemlich umfassende Sammlung an Fragen entstanden, die ich zunächst sortiert und kategorisiert habe – daraus haben sich dann 16 Themen herauskristallisiert. Anschließend habe ich die wichtigsten, passendsten und relevantesten Fragen genommen und diese so einfach wie möglich erklärt. So ist das Allgemeinwissen in diesem Buch zustande gekommen, dennoch findest du hier die meiner Meinung nach relevantesten Fragen. Abschließend wünsche ich dir viel Spaß mit dem Allgemeinwissen.

Kapitel 3: Die Wissenschaft der Lebewesen erkunden

In diesem Kapitel soll es um das Allgemeinwissen des Bereichs der Biologie gehen. In der Biologie werden alle Lebewesen, die uns bekannt sind, genauer betrachtet.

Wie viele Chromosomen haben Menschen?

Der Mensch hat insgesamt 46 Chromosomen, die jeweils als Paare angelegt sind. Es gibt insgesamt 44 Autosomen und 2 Gonosomen. Bei den beiden Gonosomen handelt es sich um die Geschlechtschromosomen. Diese unterschieden sich, je nachdem welchem Geschlecht man angehört. Bei Männern sind die Gonosomen X und Y, bei Frauen X und X.

Wie viele Knochen sind im menschlichen Körper?

Der menschliche Körper beinhaltet bei seiner Geburt in der Regel um die 300 Knochen und Knorpel. Sobald man wächst und sich das Skelett immer mehr zu der letztendlichen Form entwickelt, sinkt diese Zahl durch Verwachsungen auf etwa 206 bis 214 Knochen. Die genaue Zahl ist meist abhängig davon, welche Knochen einzeln gezählt oder zusammengefasst werden. Zudem ist es tatsächlich so, dass sich die meisten Knochen in den Händen und Füßen befinden.

Wofür steht die Abkürzung DNS?

Die Abkürzung DNS steht ausgeschrieben für Desoxyribonukleinsäure. Im Englischen ist die Abkürzung DNA, da Säure schlichtweg als acid bezeichnet wird. Die DNS ist im menschlichen Körper in Form einer Doppelhelix vorzufinden. In der DNS sind die Erbinformationen des Menschen in Form seiner Gene zu finden. Eventuell fragt man sich, wie der doch etwas schwierige Name zustande gekommen ist. Der Name setzt sich aus den verschiedenen Bestandteilen zusammen.

Beginnend bei der Vorsilbe, auch Präfix, Des-, folgen Oxy-, Ribo- und Nukleinsäure. Dabei drückt das Präfix Des- in der Chemie aus, dass einem Stoff etwas fehlt im Gegensatz zu einem anderen Stoff. Da auf dieses Präfix Oxy-, also die erste Silbe des Wortes Oxygen, auch Sauerstoff genannt, folgt, fehlt dem Sauerstoff etwas gegenüber dem nachfolgenden Stoff. Dabei handelt es sich um die Abkürzung Ribo- des Stoffes Ribose, einem Zucker mit fünf Kohlenstoffatomen. Zu guter Letzt folgt die Nukleinsäure. Diese ist aus einzelnen Nukleotiden aufgebaut, in denen sich das Genmaterial befindet. Bei dem Aufbau der DNS braucht man Desoxyribose, anstelle von Ribose, denn letzterem fehlt das Sauerstoffatom, was bereits der Name verlauten lässt. Die Ribose hingegen wird für den Aufbau der RNA benötigt.

Was hat es mit der Evolutionstheorie auf sich?

In Bezug auf die Evolutionstheorie ist einer der ersten Namen, die einem einfallen, wohl Charles Darwin. Allerdings sollte man zu der Unterscheidung von Darwins Ansatz und weiteren Ansätzen besser das Wort Darwinismus nutzen. Darwin beschäftigte sich mit seiner Theorie der Evolution des Menschen und verbrachte viele Jahre damit, Beweise für seine Theorie zu finden. Seine Annahmen basieren auf der Vererbung, der Variabilität und der Selektion, auch als Auslese bezeichnet. Bei der Vererbung geht es darum, dass es verschiedene Einheiten geben muss, die dazu in der Lage sind, sich zu replizieren, also sich fortzupflanzen. Die Folgegeneration muss über die gleiche Fähigkeit verfügen. Der Begriff der Variabilität bezieht sich darauf, dass verschiedene Merkmale innerhalb einer Population vorhanden sein müssen. Zusätzlich muss ein System vorhanden sein, das für immer neue Variationen sorgt. Zu guter Letzt geht es bei der Selektion zum einen um die natürliche Selektion, die besagt, dass nur die bestangepassten Individuen überleben oder zum anderen die sexuelle Selektion, bei der es darum geht, dass nur der, der sich fortpflanzen kann, in der Folgegeneration seine Gene erhält. In Bezug auf die Selektion wird vielen auch der Ausdruck „Survival of the fittest" etwas sagen. Damit drückt Darwin aus, dass nur der Bestangepassteste letztendlich überleben und seine Gene weitertragen wird.

Wie funktioniert Photosynthese?

Pflanzen spielen in der Umwelt von uns Menschen eine wichtige Rolle, denn würde es sie nicht geben, würde uns früher oder später die Luft zum Atmen fehlen. Das liegt daran, dass Pflanzen Photosynthese betreiben. Neben den Pflanzen betreiben auch Algen und sogar einige Bakterien Photosynthese. Damit ist gemeint, dass Pflanzen Energie in Form von Licht absorbieren können. Dafür werden Farbstoffe, wie beispielsweise Chlorophyll, das auch für die grüne Färbung der Blätter verantwortlich ist, gebraucht. Somit hat die Pflanze mit dem Licht elektromagnetische Energie aufgenommen. Nun werden Elektronen in Bewegung versetzt und übertragen, sodass eine Umwandlung zu chemischer Energie entsteht. Zu guter Letzt wird die entstandene chemische Energie für eine Synthese, also die Entstehung eines neuen Stoffes, genutzt. Bei der Photosynthese entstehen in dem letzten Schritt organische Verbindungen. So entstehen in den Blättern der Pflanze Glucose, also Kohlenhydrate, und Sauerstoff. Die gebildete Glucose wird anschließend in weitere organische Stoffe umgewandelt, um das Wachstum der Pflanze zu unterstützen. Der Sauerstoff wird über die Blätter an die Umwelt abgegeben. Wenn eine Pflanze besser mit Wasser versorgt ist, kann sie umso besser Photosynthese betreiben. Das Wort hat nebenbei erwähnt in keiner Weise etwas mit Fotos zu tun. Der erste Wortteil kommt aus dem Griechischen von dem Wort „phōs“, was Licht bedeutet.

Was sind die Mendel'schen Regeln?

Gregor Mendel hat sich mit seinen drei Regeln mit der Vererbung von Merkmalen beschäftigt. Dabei beziehen sich diese Regeln lediglich auf Merkmale, die von einem Gen bestimmt werden. Die drei Regeln heißen Uniformitäts-, Spaltungs- und Unabhängigkeitsregel. Bei der Uniformitätsregel geht es kurz gesagt darum, dass bei der Kreuzung zweier Individuen, die jeweils reinerbig sind, anschließend alle Nachkommen in dem einen Merkmal gleich, also uniform, sind. Bei der zweiten Regel geht es darum, dass man, wenn die Nachkommen der ersten Kreuzung miteinander kreuzt, am Ende ein recht genaues Verhältnis der Merkmale der Eltern bekommt. Somit ergibt sich auch der Name dieser Regel. Die zweite Regel besagt somit, dass bei jeder Kreuzung der zweiten Generation ein Spaltungsverhältnis entsteht. In der dritten Regel geht es dann schlussendlich um Neubildungen, die bei der Kreuzung entstehen können. Dabei entstehen nach der Kreuzung der 1. Tochtergeneration Merkmalsausprägungen, die weder bei den Eltern noch der Tochtergeneration so vorhanden waren. Dadurch kann man davon ausgehen, dass gewisse Gene neu zusammengesetzt und unabhängig vererbt worden sind. So entstand der Name der dritten Regel. Mendel erlangte seine Erkenntnisse bei Versuchen mit Erbsen.

Was ist der Unterschied zwischen Viren und Bakterien?

Die Ursache für die häufigsten Krankheiten von uns Menschen liegen in den verschiedenen Viren und Bakterien. Oftmals werden diese Begriffe durcheinander geworfen, obwohl es einige Unterschiede gibt. Zunächst einmal kann man weder Bakterien noch Viren mit bloßem Auge sehen. Die ungefähre Größe von Bakterien beträgt dabei durchschnittlich einen Mikrometer. Das ist zunächst sehr klein, allerdings muss man auch sagen, dass Viren noch 100 Mal kleiner sind. Darüber hinaus besteht ein grundlegender Unterschied darin, dass Bakterien Lebewesen sind und Viren nicht. Das bedeutet, dass Bakterien Einzeller sind, die allein lebensfähig sind. Außerdem vermehren sie sich durch Zellteilung. Im Gegensatz dazu können Viren nur mithilfe eines Wirtes überleben und sich vermehren. Bakterien sind beispielsweise für eine Lungen- oder Blasenentzündung verantwortlich, die sich in der Regel mit einem Antibiotikum behandeln lassen. Bei Viren hingegen ist ein Antibiotikum unwirksam. Zu den Krankheiten, die von Viren ausgelöst werden, zählen zum Beispiel die Grippe, Masern oder Röteln. Für viele virenbedingte Krankheiten gibt es einen Impfstoff, um diese zu vermeiden. Neben den negativ assoziierten Bakterien gibt es auch noch positive Bakterien auf der Haut, im Darm und an vielen anderen Stellen unseres Körpers, die für diesen sehr wichtig sind. Ob auch Viren einige positive Funktionen in unserem Körper unterstützen, ist nicht einwandfrei geklärt.

Wodurch werden Nervenzellen miteinander verbunden?

Unser Nervensystem besteht aus unzähligen einzelnen Nervenzellen, die miteinander verbunden sind. Die Verbindungsstelle zur nächsten Zelle ist dabei die Synapse. Diese Verbindungen existieren allerdings nicht nur bei den Nervenzellen, sondern genauso auch bei den Muskel-, Sinnes- oder Drüsenzellen. Synapsen sind vor allem dafür da, bestimmte Reize und Signale weiterzuleiten. Allein die Anzahl an Synapsen im menschlichen Gehirn liegt bei ungefähr 100 Billionen. Im Laufe des Lebens können neue Verbindungen durch Synapsen entstehen, aber auch bereits bestehende Synapsen aufgelöst werden – das ist davon abhängig, wie häufig diese Verbindung genutzt wird.

Was ist eine Anämie?

Unter dem Begriff der Anämie, einigen besser bekannt als Blutarmut, versteht man eine geringere Konzentration von Hämoglobin im Blut. Hämoglobin ist ein Protein, das vor allem in den roten Blutkörperchen zu finden und für den Sauerstofftransport verantwortlich ist. Eine Anämie kann angeboren sein oder aber auch verursacht werden. Die Ursachen einer Anämie können dabei vielfältig sein. Wenn eine Anämie vorliegt, sind oftmals weniger rote Blutzellen vorhanden, was zur Folge hat, dass der Körper damit beginnt, das Blut schneller durch den Körper zu pumpen, damit die Sauerstoffzufuhr der Organe so gut wie möglich weiterhin gewährleistet werden kann.

Wo befindet sich der Karpaltunnel?

Man hat es eventuell schon einmal gehört oder kennt jemanden, der von dem Karpaltunnelsyndrom betroffen ist. Meistens beginnt es mit vereinzelten Schmerzen der Handinnenfläche. Tatsächlich liegt die Ursache gar nicht in der Hand selbst, sondern an dem Mittelarmnerv, der eingeengt wird und somit Schmerzen in der Hand hervorruft. Dieser drückt sich vor allem auf die ersten drei Finger – Daumen, Zeige- und Mittelfinger – aus. Der Karpaltunnel befindet sich, wenn man die Handfläche nach oben richtet, über dem Mittelhandknochen – genau genommen wird er aus dem Mittelhandknochen und einem Band, das das Gelenk verstärken soll, gebildet. Er ist dafür verantwortlich, dass die Hand seine Funktion vernehmen kann.

Aus wie vielen Fingergliedern besteht die menschliche Hand?

Die menschliche Hand besteht in der Regel aus 27 Knochen. Wie bereits zuvor erwähnt, machen die Handknochen gemeinsam mit den Fußknochen den Großteil der Knochen aus. Durch die hohe Anzahl an Knochen wird eine flexible Einsatzmöglichkeit der Hände gewährleistet und die Füße bieten eine bessere Standfestigkeit. Der Aufbau der Hand beginnt mit den acht Handwurzelknochen, die in zwei Reihen angelegt sind. Mit den darauffolgenden fünf Mittelhandknochen werden die Handflächen gestützt. Anschließend folgen die 14 Knochen der Finger. Dabei fallen dem Daumen zwei Knochen und den vier weiteren Fingern jeweils drei Knochen zu. Der menschliche Fuß besteht jeweils aus einem Knochen weniger. Und abgesehen davon, spricht man anstelle des Handwurzelknochens von dem Fußwurzelknochen. Außerdem heißt es Mittelfuß- und Zehenknochen. Der eine Knochen weniger liegt an lediglich sieben Fußwurzelknochen.

Was ist der Unterschied zwischen Reptilien und Amphibien?

Die Tierart, deren Bezeichnung bereits auf ihre Fortbewegung in Kriechhaltung rückschließen lässt, sind Amphibien. Aufgrund der schuppigen Haut der Reptilien sind sie in der Lage, an Land zu leben – daher zählen sie auch zu den Landwirbeltieren. Außerdem bewirkt die Hautstruktur, dass einigen ein Panzer wächst und andere sich häuten müssen. Amphibien können sowohl an Land als auch im Wasser leben. Ohne Wasser würden sie austrocknen. Reptilien legen Eier an Land, Amphibien im Wasser. Beispiele für Reptilien sind Schildkröten, Schlangen oder Krokodile. Zu den Amphibien zählen Frösche, Salamander oder Kröten.

Kapitel 4: Die Psyche des Menschen erkunden

Nachdem man sich mit den Lebewesen etwas genauer befasst hat, sollte man sich ebenfalls mit der Komponente der Psyche befassen, zumal wir in einer Zeit leben, in der uns vor allem psychische Probleme stark beeinflussen können.

Was bedeutet Psychologie?

Was Psychologie im Groben bedeutet und womit sie sich befasst, wissen sicherlich die meisten. Allerdings sollte man dennoch diese Frage einmal klären, damit die Antwort darauf nicht mehr vage, sondern eindeutig ausfällt. Bei der Psychologie geht es nicht nur um die Vorgänge, die in unserem Kopf beziehungsweise unserer Psyche vorgehen, denn auch diese beiden Begriffe sind bei Weitem nicht dasselbe. Übersetzt heißt das Wort Psychologie so viel wie „Lehre der Seele". Konkret geht es in der Regel um Vorgänge, die bewusst oder unbewusst auf psychischer Ebene stattfinden. Darüber hinaus befasst sich die Psychologie auch mit dem Erleben und Verhalten von Menschen.

Was ist die Maslow'sche Bedürfnispyramide?

Der Psychologe Abraham Maslow war US-Amerikaner und lebte von 1908 bis 1970. Er wollte die Bedürfnisse und die Motivationen, die uns Menschen antreiben, in einem Modell vereinfacht darstellen. Seinen ersten Entwurf dieses Modells veröffentlichte er 1943. In den folgenden Jahren überarbeitete und optimierte er sein Modell zu dem Modell, was einigen heutzutage ein Begriff sein wird. Man kennt Maslows Modell unter dem Namen Maslow'sche Bedürfnispyramide oder Bedürfnishierarchie. Maslow wollte mit dem Modell aufzeigen, dass die Menschen nicht triebgesteuert sind oder von Reizen und der darauffolgenden Reaktion geleitet werden, was bis dahin von einigen Psychologen behauptet wurde. Stattdessen ist Maslow der Meinung gewesen, dass der Mensch seine Motivation durch ein Wachstumsmotiv entwickelt.

Die Abfolge der Bedürfnisse ist hierarchisch aufeinander aufbauend und nur, wenn die jeweils untere Stufe erfüllt ist, folgt der Aufstieg zur nächsten Stufe. Die unterste Stufe bilden die Grundbedürfnisse, darunter fallen zum Beispiel Nahrung, Schlaf oder Sex. Dann folgen Sicherheitsbedürfnisse, wozu beispielsweise gehört, dass wir ein bestimmtes Einkommen beziehen und uns materielle Güter leisten können. Zusammenfassend alles, was uns Sicherheit in irgendeiner Form gibt. Die dritte Stufe bildet die Zugehörigkeit. Wir alle haben mehr oder minder ausgeprägte soziale Bedürfnisse – wir wollen Anschluss finden, zu einer Gruppe gehören und sozial interagieren. Anschließend folgt die Anerkennung, darunter fallen Aspekte wie Erfolg, die Wertschätzung dafür, Macht oder Prestige. Die oberste Stufe bildet nach Maslow die Selbstverwirklichung. Was das individuell bedeutet, ist von der jeweiligen Person abhängig. Letztendlich geht es aber darum, dass man sein eigenes Potenzial ausschöpft.

Man sollte noch anmerken, dass dieser Aufbau sicherlich den ein oder anderen irritieren wird und selbstverständlich gibt es auch bei Maslows Modell Kritik, die nicht unbegründet ist. So wird beispielsweise die Reihenfolge kritisiert, da sie durchaus von jedem individuell beurteilt werden sollte. Außerdem spiegelt diese Hierarchie die westliche Sichtweise wider und kann nicht pauschal auf alle Menschen bezogen werden. Des Weiteren bezieht sich die Pyramide nur auf gesunde Menschen, da eingeschränkte Menschen durchaus ganz andere Dinge priorisieren.

Was ist die Konditionierung?

Der Begriff der Konditionierung lässt sich in zwei verschiedene Arten einteilen. Zum einen in die klassische, zum anderen in die operante Konditionierung. Vor allem die klassische Konditionierung wird einigen sicherlich ein Begriff sein, wenn man das Stichwort „Pawlow'sche Hunde" fallen lässt. Pawlow beobachtete nämlich im Laufe seiner Forschungen, dass man die Hunde auf einen neutralen Reiz konditionieren kann und dieselbe Reaktion folgt, wie bei dem unmittelbaren Reiz. Was heißt das konkret? Pawlow konditionierte die Hunde in seinem Versuch auf das Läuten einer Glocke. Sobald dieser Ton ertönte, setzte der Speichelfluss der Hunde ein, ohne, dass das Futter präsent war.

Im Gegensatz dazu geht die operante Kondition noch etwas weiter. Hier wird spontan auftretendes Verhalten entweder bestraft oder belohnt. Das bedeutet, dass das gezeigte Verhalten positiv oder negativ verstärkt wird, was die Häufigkeit dieses Verhaltens erhöht. Auf der anderen Seite kann das gezeigte Verhalten positiv oder negativ bestraft werden, sodass die Auftretenswahrscheinlichkeit sinkt. An dieser Entwicklung waren vor allem die Psychologen Thorndike und Skinner beteiligt.

Was sind Arachnophobie und Akrophobie?

Unter dem Begriff der Arachnophobie versteht man die Angst vor Spinnen. Akrophobie beschreibt die Angst vor Höhen. Beides Ängste, die nicht allzu selten bei Menschen vorkommen. Bei der Bezeichnung Phobie handelt es sich meist jedoch nicht um das normale Maß an Angst, sondern um eine übersteigerte Form dieser. Bei der Phobie vor Spinnen werden gewisse Dinge übermäßig hoch eingeschätzt. Beispielsweise gehen die Menschen davon aus, dass sie eher von Spinnen gebissen werden. Verletzungen, die aus dem Biss resultieren, werden dramatisiert und obwohl Spinnen aufgrund ihrer Größe offensichtlich unterlegen sind, bewerten sie auch diese Tatsache über. Bei der Höhenangst hat man Angst vor der Höhe und vor allem vor der Vorstellung zu fallen. Dabei gibt es durchaus auch Phobiker, die kein Problem damit haben, von hohen Objekten runterzuschauen.

Was ist der Halo-Effekt?

Der Begriff des Halo-Effekts hat nichts mit mit dem gleichnamigen Videospiel zu tun und beschäftigt sich nicht mit den Auswirkungen von Ballerspielen. Stattdessen handelt es sich um einen Aspekt der menschlichen Wahrnehmung, genauer der kognitiven Verzerrung. Unter diesem Begriff versteht man einen Effekt, der bei dem ersten Aufeinandertreffen zweier Menschen auftreten kann. Dabei geht es darum, dass Eigenschaften oder auch das Aussehen mit einer Eigenschaft verbunden werden, die an sich komplett voneinander unabhängig sind. Das bedeutet, dass eine bestimmte Eigenschaft so zentral positiv oder negativ wahrgenommen wird, dass sie alles andere überschattet. Die negative Wahrnehmung wird auch Teufelshörnereffekt genannt.

Was ist das Klein-Albert-Experiment?

Dieses Experiment, das meist unter Little-Albert-Experiment bekannt ist, ist ein im Jahr 1920 von dem US-amerikanischen Psychologen John B. Watson durchgeführtes Experiment. Dieses Experiment beschäftigte sich mit der Konditionierung. In diesem Fall ging es explizit um das Erlernen von Ängsten und darum, diese Ängste dann durch die Konditionierung generalisieren zu können. Was damit genau gemeint ist, wird ersichtlicher, wenn man das Experiment kurz beschreibt. Das Experiment begann damit, einem neun Monate alten Kleinkind, das Little Albert genannt wurde, verschiedene Gegenstände zu zeigen und zu gucken, wie das kleine Kind darauf reagiert. Ihm wurden Dinge zum ersten Mal gezeigt wie Häschen, Affen, menschliche Masken oder auch eine brennende Zeitung. Wie die meisten Kinder hatte das Kleinkind vor keiner der Dinge Angst, sondern zeigte Neugier. Wenn jedoch mit einem Hammer auf eine Stange aus Eisen gehauen wurde, reagierte der Kleine durchaus mit Furcht. Zwei Monate später wiederholte man das Experiment mit dem mittlerweile elf Monate alten Jungen. In diesem Schritt des Experimentes ließ man den Ton, der die Furchtreaktion ausgelöst hat, ertönen, während man dem Kind eine weiße Ratte zum Streicheln gab. Nachdem man dieses Geräusch lediglich zwei Mal hatte ertönen lassen, begann das Kleinkind sich zu weigern, die Ratte, die anfangs keine Furcht ausgelöst hatte, anzufassen. Nach weiteren fünf Versuchen reagierte er mit Furcht bei bloßem Anblick der Ratte. Am Ende ging das Ganze so weit, dass eine Furchtreaktion ausgelöst wurde bei allem, was der Kleine mit der Ratte assoziierte, so hatte er auch Angst beim Anblick von komplett anderen Tieren mit Fell oder auch nur weißen Bärten. Daraus leiteten die Durchführenden ab, dass konditionierte Reaktionen ein Leben lang anhalten und somit die betroffene Person beeinflussen. Allerdings konnten diese Ableitungen empirisch nicht wirklich untermauert werden.

Was ist eine Selbsterfüllende Prophezeiung?

Bei der selbsterfüllenden Prophezeiung oder auch Self-fullfilling prophecy geht es darum, dass ein gewisses Ereignis oder ein Verhalten eintritt, da man aufgrund einer Vorhersage dieses Ereignisses oder Verhaltens sein Verhalten unbewusst so verändert, dass das Erwartete herbeigeführt wird. Wenn man beispielsweise zu einer Veranstaltung eingeladen ist, von der man von Anfang an ausgeht, dass sie langweilig sein wird, wird sie das am Ende auch auf jeden Fall sein. Dabei hätte sie bei anderer Erwartung durchaus auch ein besseres Fazit erhalten können. Nach diesem Prinzip funktionieren oftmals auch Horoskope. Ein Mensch liest in seinem Horoskop, erfolgreicher im Job zu sein und interagiert dadurch so, dass das Resultat am Ende tatsächlich eine Verbesserung der Leistung im Job sein wird. Dieses Prinzip tritt natürlich nicht bei jedem ein, aber dennoch wird es immer einen gewissen Anteil geben, weswegen Horoskope bei einigen Menschen ihre Wirkung nie verlieren.

Was sagen der IQ und der EQ aus?

Die Abkürzung IQ steht für den Intelligenzquotienten und beschreibt das intellektuelle Leistungsvermögen. Dieses Leistungsvermögen wird anhand eines Tests entweder gesamtheitlich erfasst oder nur in verschiedenen Teilbereichen. Die Ergebnisse können anschließend jedoch nur bedingt verallgemeinert werden, da es keine eindeutige Messung der Intelligenz gibt. Das Ergebnis gibt den gemessenen IQ im Vergleich zu einer Referenzgruppe an. Man geht von einem Mittelwert von 100 IQ-Punkten aus. Da die Standardabweichung 15 IQ-Punkte beträgt, befindet sich der Normalwert also bei 85 bis 115 IQ-Punkten. Liegt man also darunter, ist man weniger intelligent als der Durchschnitt und liegt man darüber, ist man intelligenter. Hochbegabt ist man allerdings erst ab einem Wert von 130 IQ-Punkten.

Darüber hinaus gibt es den EQ, der das Maß der emotionalen Intelligenz angibt. Die emotionale Intelligenz ist in vielen Lebensbereichen sehr wichtig und kann viele Vorteile bieten. Die emotionale Intelligenz erleichtert es uns, unsere eigenen, aber auch die Gefühle unserer Mitmenschen richtig zu erkennen, nachvollziehen und dann eben auch richtig beeinflussen zu können. Auch hier geht man von einem Mittelwert von 100 EQ-Punkten aus. Bei diesem Wert ist man durchschnittlich sozial intelligent. Erreicht man einen Wert ab 130 EQ-Punkten, ist man hochemotional intelligent.

Was ist der Ödipuskomplex?

Der Ödipuskomplex ist ein Begriff, den Sigmund Freud aufgebracht hat. Er ging davon aus, dass dieser Komplex in der phallischen Phase eines Kindes, mit etwa drei bis fünf Jahren, auftritt. Dabei geht es darum, dass Kinder beginnen, den Elternteil des anderen Geschlechtes sexuell zu begehren und den anderen Elternteil als Konkurrenz anzusehen. Das sexuelle Begehren ist dabei im Unterbewusstsein verdrängt. Auf der anderen Seite empfindet das Kind „seinem Konkurrenten“ gegenüber Schuld und befürchtet eine Strafe. Der Name beruht auf der Geschichte des Ödipus der griechischen Mythologie. Abgewandelt kann man sagen, dass es eine Phase gibt, in der sich das Kind in Konkurrenz, vor allem in Bezug auf Aufmerksamkeit, zu einem Elternteil sieht. Diese ist allerdings unterschiedlich stark ausgeprägt.

Was ist ein Placebo-Effekt?

Der Begriff des Placebo-Effekts kommt aus der Medizin bzw. Forschung und tritt dann auf, wenn Tabletten ohne einen Wirkstoff verabreicht werden. Dabei hat die Versuchsperson an sich keine Ahnung, dass die Tabletten wirkungslos sind. Durch diese Unwissenheit kommt es jedoch zu Reaktionen, die der Wirkung des Medikaments zugeschrieben werden. Es kommt somit zu Linderungs- oder Heilungserscheinungen, die jedoch nur scheinbar mit der Einnahme des Medikamentes in Zusammenhang stehen. Neben Tabletten können auch Scheinoperationen oder -akupunktur einen solchen Effekt haben.

Kapitel 5: Die Zusammensetzung, aus der alles besteht

An dieser Stelle soll es um die Chemie gehen. In der Chemie wird die Zusammensetzung von Stoffen und die Bestandteile der verschiedenen Dinge untersucht.

Wie setzt sich Luft zusammen?

Luft setzt sich hauptsächlich aus den beiden Stoffen Stickstoff (N2), mit einem Volumenanteil von knapp 78 %, und Sauerstoff (O2), mit knapp 21 %, zusammen. Dazu kommt noch der einprozentige Anteil von Argon (Ar). Darüber hinaus finden sich in der Luft noch eine Menge weiterer Stoffe, allerdings ist der Anteil meist so gering, dass sie nicht wirklich nennenswert sind.

Wie hoch muss der Sauerstoffanteil der Luft sein, damit wir atmen können?

Ohne den Sauerstoffanteil in unserer Luft könnten wir nicht überleben, denn an Stickstoff allein würden wir ersticken. Der Stickstoffgehalt in der Luft wird durch den Ausstoß fossiler Brennstoffe erhöht. Der Volumenanteil von Sauerstoff beträgt 21 % zum momentanen Zeitpunkt. Wenn dieser Wert unter 17 % steigt, birgt dies bereits einige gesundheitliche Schäden für uns Menschen. Sinkt der Wert weiter auf unter 10 % hat das zur Folge, dass wir in Lebensgefahr schweben. Tödlich wird es dann bei etwa 7 % Sauerstoffanteil in der Luft.

Wie bezeichnet man die verschiedenen Veränderungen der Aggregatzustände?

Die drei Aggregatzustände, die am weitesten verbreitet sind, sind flüssig, fest und gasförmig. Zudem werden in der Physik noch weitere Zustände unterschieden, wie beispielsweise Plasma, ein Gemisch aus Teilchen auf atomar-molekularer Ebene.

Die Aggregatzustände können sich durch verschiedene Einflüsse wie durch eine Temperaturänderung verändern. Die wohl bekannteste Veränderung des Aggregatzustands ist die Veränderung von fest zu flüssig, was auch als Schmelzen bezeichnet wird. Im Gegensatz dazu wird der Übergang von flüssig zu fest Erstarren, oder auch Gefrieren, genannt. Möchte man ausdrücken, dass ein Stoff von einem flüssigen zu einem gasförmigen Zustand gewechselt hat, redet man von Verdampfen und im umgekehrten Fall von Kondensieren. Zu guter Letzt wird die Veränderung von fest zu gasförmig Sublimieren genannt. Wenn der Stoff seinen Zustand von gasförmig zu fest wechselt, dann spricht man von Resublimieren.

Wie kommt es zu der Fontäne bei dem Vermengen von Mentos und Cola?

Nahezu jeder Mensch hat schon einmal davon gehört oder es gesehen: die Fontäne, die entsteht, wenn man Mentos mit Cola mischt. Doch wie entsteht diese Fontäne, beziehungsweise wodurch wird sie begünstigt? Schließlich hat Mentos nicht mit jedem Getränk, das Kohlensäure enthält, eine solche Wirkung. Die Ursache dafür liegt in Bezug auf die Cola in zwei chemischen Verbindungen, nämlich Kaliumbenzoat und Kohlendioxid. Zudem kann die Wirkung bei einer Cola light noch stärker auftreten, da in dieser zusätzlich Aspartam enthalten ist. Auf der Seite des Mentos hängt es zum einen mit dem enthaltenen Stoff Gummi arabicum, einem Geliermittel pflanzlichen Ursprungs, und den auf der Oberfläche von Mentos vorkommenden kleinen Löchern zusammen. Durch die Vielzahl an Löchern wird die Bildung der Kohlendioxidblasen erheblich begünstigt und somit ist der Effekt um ein Vielfaches stärker.

Was sind die Van-der-Waals-Kräfte?

Bei dieser Bezeichnung handelt es sich um die Kräfte, die zwischen verschiedenen Molekülen entstehen können. Dabei handelt es sich allerdings lediglich um eine Anziehung und nicht um eine Bindung. Ein Molekül besteht aus mindestens zwei oder mehreren miteinander verbundenen Atomen. In diesen Atomen befinden sich Elektronen, die darin umherwandern. Die Van-der-Waals-Kräfte können dann bei Molekülen entstehen, die keine Ladung oder dauerhaften Dipol haben. Das hängt damit zusammen, dass bei diesen Molekülen die Van-der-Waals-Kräfte die am stärksten vorhandenen Kräfte sind und sich somit durchsetzen und wirken können. Die Elektronen bewegen sich wie bereits erwähnt durch das Atom, sodass es dazu kommen kann, dass eine ungleiche Verteilung entsteht. Es entstehen dementsprechend kurzzeitige Dipole. Wenn sich nun zwei Moleküle angezogen haben, dadurch, dass das eine mit seiner positiven Seite zu der negativen Seite des anderen lag, führt das dazu, dass auch die sich daneben befindenden Moleküle unsymmetrisch geladen werden. So hält der Zustand der Moleküle, bei denen die Van-der-Waals-Kräfte gewirkt haben, zwar nicht lange an, sie setzen sich aber immer weiter fort.

Wie viele essentielle Aminosäuren gibt es?

Es gibt für den Menschen 9 essentielle Aminosäuren. Sie heißen: Valin, Methionin, Leucin, Isoleucin, Phenylalanin, Tryptophan, Threonin, Lysin und Histidin. In unserem Körper befinden sich 250 Aminosäuren, die beispielsweise Zucker bilden und 20, die für die Proteinbildung genutzt werden. Generell sind Aminosäuren dafür verantwortlich, dass unser Körper funktioniert und versorgt wird. Die essentiellen Aminosäuren werden von dem Körper dafür genutzt, Proteine herzustellen, mit denen dann Muskel- und Körperzellen gebildet werden können. Darüber hinaus sind die Proteine für den Stoffwechsel und die Regeneration relevant. Die essentiellen Aminosäuren kann unser Körper nicht selber bilden. Dementsprechend müssen sie entweder über die Nahrung aufgenommen oder supplementiert werden.

Wie heißen die Edelgase?

Bei den Edelgasen handelt es sich um eine bestimmte Gruppe von sieben Elementen des Periodensystems. Zu dieser Gruppe zählen die Elemente Helium, Neon, Argon, Krypton und Xenon. Also He, Ne, Ar, Kr und Xe. Außerdem wird sie von den beiden radioaktiven Elementen Radon (Rn) und Oganesson (Og) ergänzt. Im Periodensystem findet man sie am Ende der rechten Seite. Alle Edelgase sind sowohl farb- als auch geruchlos. Zudem sind sie weder brennbar, noch lassen sie sich gut in Wasser lösen. Ein wichtiges Merkmal besteht darin, dass ihre Elektronenschalen entweder vollständig besetzt oder leer sind. Dadurch sind sie atomar und nicht molekular, da es so fast unmöglich ist, dass sie sich chemisch verbinden können. Ihren Namen tragen diese Gase aufgrund ihrer Reaktionsträgheit mit anderen chemischen Stoffen. Von den Edelgasen ist Helium am häufigsten vorhanden und Argon am meisten auf der Erde vertreten. Da es sich um Gase handelt, sind sie alle in der Luft zu finden, jedoch nur in sehr geringen Mengen.

Was ist eine Emulsion?

Eine Emulsion ist einfach gesagt ein Gemisch aus zwei Flüssigkeiten, die sich eigentlich nicht vermischen lassen. Wasser und Apfelsaft lassen sich beispielsweise ohne Probleme vermischen, sodass ein homogenes Stoffgemisch entsteht. Versucht man jedoch Wasser und Öl zu vermischen, so schwimmt das Öl nach kurzer Zeit auf dem Wasser – es entsteht ein heterogenes Stoffgemisch. Eine Emulsion wäre in diesem Beispiel ein Gemisch aus Wasser und Öl. Dabei bildet das Öl feinste Tröpfchen, die im Wasser verteilt sind, sodass sich beide Flüssigkeiten mischen lassen. Die äußeren Tröpfchen (das Wasser) bezeichnet man auch als kontinuierliche Phase und die inneren Tröpfchen (das Öl) als disperse Phase. Die kleinen Tröpfchen können durch starkes Rühren oder Schütteln gebildet werden. Eine Emulsion hat eine begrenzte „Lebensdauer“, die durch Emulgatoren erhöht werden kann. Dies sind Zusatzstoffe, die Einfluss auf die Haltbarkeit und Stabilität nehmen.

Was versteht man unter dem Begriff der Legierung?

Eine Legierung ist ein Stoffgemisch aus mindestens zwei Metallen oder chemischen Elementen, bei denen mindestens ein Element auf jeden Fall ein Metall sein muss, das andere Eigenschaften hat als die Metalle, aus denen sie besteht. Beispielsweise ist Bronze eine Legierung aus 75 % Kupfer und 25 % Zinn. Einzeln sind die beiden Metalle recht weich, als Legierung ist Bronze dagegen deutlich härter. Es erfolgt also eine „Verbesserung" durch eine sinnvolle Kombination.

Wie viele natürliche chemische Elemente gibt es?

In dem Periodensystem gibt es aktuell 118 verschiedene chemische Elemente. Die Ordnung ist dabei nicht willkürlich, sondern nach der jeweiligen Ordnungszahl erfolgt. Diese gibt an, wie viele Protonen sich in jedem Atomkern der Atome eines Elementes befinden. Die einzelnen Elemente finden sich innerhalb dieses Systems auch nicht mit ihrem vollständigen Namen, sondern mit einer Abkürzung von ein bis zwei Buchstaben, die sich von dem lateinischen Begriff ableiten lassen. Von allen chemischen Elementen kommen die ersten 94 natürlich vor. Überwiegend jedoch nicht in Unmengen, sondern lediglich in kleinsten Mengen. Außerdem braucht es oft eine chemische Verbindung, damit diese Stoffe auftreten.

Was ist ein Polymer?

Ein Polymer ist ein chemischer Stoff, der sich aus vielen gleich großen Molekülen zusammensetzt. Die einzelnen Moleküle, aus denen sich ein Polymer zusammensetzt, bestehen aus einer oder mehreren Wiederholungseinheiten, die strukturell angelegt und dabei meist nicht identisch sind, da es zu unterschiedlichen Molekülmassen kommt. Man unterscheidet zwischen natürlichen Polymeren, wie die Proteine, die beispielsweise für den Haaraufbau zuständig sind und synthetischen Polymeren, die industriell und im Labor hergestellt werden.

Woraus besteht ein Diamant?

Diamanten assoziieren wir meistens mit Luxus und Reichtum. Doch woraus ein Diamant eigentlich besteht, wissen viele nicht. Bei einem Diamanten handelt es sich um eine Modifikation von Kohlenstoff in eine kubische Form. Zudem ist ein Diamant in seiner natürlichen festen Form ein Mineral und gehört zu der entsprechenden Elementklasse. In der Regel haben Diamanten keine Farbe, sind also transparent. Farbig werden sie entweder aufgrund einer Verunreinigung oder einem Defekt des Kristallgitters. Dadurch entstehen die verschiedenen Farben. Obwohl Diamanten mit dem höchsten Härtegrad von 10, laut der Mohs'schen Härteskala, der härteste in der Natur vorkommende Stoff ist, kann man Diamanten schleifen. Das hängt mit den Kristallrichtungen zusammen, die sich unterscheiden. Des Weiteren wird das Gewicht eines Diamanten in Karat angegeben, dabei entspricht 1 Karat gleich 0,2 Gramm.

Was sagt der pH-Wert aus?

Der pH-Wert gibt Auskunft darüber, ob eine Flüssigkeit sauer oder basisch wirkt. Dabei geht die Skala von <1 bis 14. Von <1 bis 6,5 ist die Flüssigkeit sauer. Darauf folgt von 6,5 bis 7,4 sauer alkalisch, also sauer basisch. Das trifft beispielsweise auf den menschlichen Speichel zu. Auf der Skala ist die 7 neutral und von 7,4 bis 14 ist die Flüssigkeit basisch. Beispielsweise liegt Cola bei etwa 2 bis 3 auf der Skala, ist also sauer. Kaffee ist ebenfalls sauer und liegt bei einem Wert von 5. Auf der anderen Seite findet man die meisten Seifen auf der basischen Seite mit einem Wert von 9 bis 10. Abgesehen vom Speichel haben auch die Magensäure, die Hautoberfläche oder das Blut unterschiedliche pH-Werte.

Was bedeutet Oxidation?

Der Begriff Oxidation beschreibt im ursprünglichen Sinne die Reaktion eines bestimmten Stoffes mit Sauerstoff. Mittlerweile wird darunter jedoch auch der Vorgang verstanden, bei dem ein chemischer Stoff Elektronen abgibt und diese von einem anderen aufgenommen werden. Durch die Aufnahme der Elektronen wird der chemische Stoff reduziert. Ein Beispiel dafür ist die Entstehung von Rost. Dabei findet eine Oxidation, hier genauer eine Korrosion, des Eisens statt und der Rost entsteht.

Kapitel 6: Untersuchung der Naturphänomene

Nun widmen wir uns der Physik. Die Physik beschäftigt sich mit den Zusammenhängen der verschiedensten Naturphänomene. Physik steht bei vielen nicht ganz oben auf der Liste der favorisierten Schulfächer, dabei ist die Physik an sich sehr vielseitig, interessant und bietet eine Vielzahl an Erkenntnissen.

Warum spüren wir nicht, wie schnell die Erde sich dreht?

Die Erde dreht sich mit einer recht hohen Geschwindigkeit um die Sonne. Dafür braucht sie genau ein Jahr, also 365 Tage. Diese Zeitspanne mag im ersten Moment nach viel klingen, aber wenn man dazu noch bedenkt, dass sich die Erde zusätzlich um sich selber dreht und dadurch bewirkt, dass wir Tag und Nacht haben, sieht die Sache schon anders aus. Ein Grund, warum wir die Schnelligkeit der Erddrehung nicht mitbekommen, liegt in der Konstanz, mit der sich die Erde dreht. Die Art, wie sie sich dreht, bleibt weitestgehend unverändert. Dadurch hat die Erde aus physikalischer Sicht viele Gemeinsamkeiten mit einem stehenden Objekt. So kann man sich auch die Tatsache erklären, dass uns das Fliegen in einem Flugzeug bei Weitem nicht so schnell vorkommt wie es ist. Die Erde bleibt in ihrer Drehung weitestgehend konstant, weil sie von der Sonne angezogen und so auf einer Ellipse gehalten wird. Einzig und allein die Schwerkraft spüren wir permanent. So werden nicht nur wir und unsere Umgebung auf der Erdoberfläche gehalten, sondern auch die Atmosphäre schmiegt sich an unsere Erde. Sollte die Erde somit irgendwann aufhören sich zu drehen, wäre das Chaos perfekt.

Wie lautet die Relativitätstheorie und was besagt sie?

Die Relativitätstheorie ist eine von Albert Einstein aufgestellte Theorie zur Gravitation. Sie lautet als Formel: $E= mc^2$ und Einstein stellte sie 1905 auf und vollendete sie 11 Jahre später, im Jahr 1916.

In dieser Formel steht das E für Energie, das m für Masse und das c für die Lichtgeschwindigkeit, es geht somit um die Äquivalenz der Energie zur Masse. Letztendlich kann Energie zu Masse werden und umgekehrt. Durch den hohen Wert der Lichtgeschwindigkeit, wird auch schon bei der Umwandlung einer geringen Masse ein hohes Maß an Energie freigesetzt.

Warum haben Dinge für uns Farben?

Jeder Gegenstand hat für uns eine Farbe. Auch schwarz und weiß stellen jeweils eine Farbe dar. Doch wie kommen die Farben überhaupt zustande? Farben entstehen aus einem Zusammenspiel unserer Augen und Lichtstrahlen. Denn wenn das Licht eine bestimmte Wellenlänge hat, die in etwa bei 380 nm bis 780 nm liegt, entsteht ein Farbreiz in unseren Augen. Aufgrund der Tatsache, dass Licht aus elektromagnetischen Wellen besteht und diese jeweils eine andere Länge haben, werden sie beim Fallen auf ein Prisma auch unterschiedlich stark gekrümmt. Weißes Licht setzt sich aus anderen Farben zusammen, wobei die drei Hauptfarben Blau, Grün und Rot sind. Generell können Farben addiert und subtrahiert werden. Bei der Addition entsteht aus dem Aufeinandertreffen zweier Farben eine dritte. Ergänzt man dann noch eine weitere Farbe, entstehen wieder neue Farben. Im Gegensatz dazu wird bei der Subtraktion Farbe absorbiert. Dieses Phänomen sieht man bei Körperfarben. Beim Mischen der Körperfarben werden immer Teile des Lichtes absorbiert, sodass je mehr dieser Farben kombiniert werden, desto dunkler wird es. Farben entstehen somit je nachdem, wie ein bestimmter Gegenstand das Licht absorbiert hat – wie viele Bestandteile aufgenommen wurden und wie viele reflektiert werden.

Fällt Licht in unsere Augen, wird es gebündelt an die Netzhaut weitergegeben. In unserer Netzhaut befinden sich die Stäbchen und die Zapfen, die als Rezeptoren des Lichts fungieren. Dabei sind die Zapfen für das Farbsehen verantwortlich, unterschieden in die drei Farben blau, rot und grün. Die Stäbchen sind für die Wahrnehmung der Helligkeit zuständig. Diese Informationen werden an das Gehirn weitergegeben und dann sehen wir bunt. Die beiden Rezeptorenarten arbeiten den ganzen Tag zusammen, bis es langsam dunkel wird und die Stäbchen übernehmen. Funktioniert die Farbwahrnehmung nicht einwandfrei, hängt das oftmals mit einer Fehlfunktion der Rezeptoren zusammen. Dementsprechend können wir Farben wahrnehmen, da unser Gehirn in Zusammenarbeit mit den Augen permanent die bereitgestellten Informationen verarbeitet und interpretiert.

Wie entsteht ein Regenbogen?

Sobald sich die Sonne sehen lässt und die Temperaturen steigen, freuen sich die meisten Menschen und gehen an die frische Luft. Wenn es regnet, treten die meisten Menschen jedoch den Rückzug an. Kommt es allerdings dazu, dass gleichzeitig die Sonne scheint und es regnet, können wir in den Genuss eines Regenbogens kommen. Dadurch kommen Regenbögen vermehrt im Frühling oder Herbst vor.

Bevor ich darauf eingehe, wie ein Regenbogen entsteht, muss man wissen, dass sich weißes Licht aus verschiedenen Farben zusammensetzt. Wenn der Regen nun auf den Erdboden fällt und das weiße Licht auf die Tropfen trifft, brechen diese das Licht in die einzelnen Farbbestandteile. Somit werden die Tropfen von dem Licht reflektiert und der Regenbogen wird sichtbar. Allerdings nur dann, wenn die Sonne scheint und sich in einem bestimmten Winkel befindet. Dann treffen die Strahlen an verschiedenen Stellen auf den Tropfen, das Licht wird gebündelt und in einem Winkel von 42° gespiegelt. Ausschließlich in diesem Winkel zum Regen stehend kann das Auge einen Regenbogen wahrnehmen.

Wie schnell ist die Lichtgeschwindigkeit?

Die Lichtgeschwindigkeit beträgt im Vakuum 299.792.458 Meter pro Sekunde. Damit es leichter zu merken ist, kann man diese Zahl einfach in 299,792 Kilometer pro Sekunde umrechnen und auf 300 km/s aufrunden. Bei der Geschwindigkeit des Lichtes spielt es keine Rolle, wie schnell sich das Objekt, das das Licht ausstrahlt, selbst bewegt, denn die Geschwindigkeit bleibt stets dieselbe. Allerdings muss immer beachtet werden, dass sich dieser Wert lediglich auf die Geschwindigkeit im Vakuum bezieht. Dieses herrscht beispielsweise im Weltall vor. Betrachtet man diesen Wert nun aber in Kombination mit Materie, kann die Geschwindigkeit entweder abgebremst oder nicht durchgelassen werden, sodass sie reflektiert wird. Aufgrund der Tatsache, dass Lichtphotonen zu den masselosen Teilchen gehören und diese sich im Gegensatz zu Masseteilchen im Universum immer in Lichtgeschwindigkeit fortbewegen, kann man sagen, dass die Lichtgeschwindigkeit das Schnellste ist, was innerhalb unseres Universums existiert und existieren kann.

Was sind konvex und konkav?

Bei den beiden Begriffen handelt es sich um die verschiedenen Krümmungen einer Linse. Dabei steht konkav für die Wölbung nach innen und konvex nach außen. Diese Krümmung ist zum einen bei der Lichtbrechung relevant, aber auch daraus relevant bei der Optik. Da wir bereits wissen, dass die Lichtbrechung für unser Sehen wichtig ist, hat natürlich auch die Krümmung unserer Linse im Auge einen Einfluss auf unser Sehvermögen. Mit konvexen Linsen wird eine Weitsichtigkeit und mit konkaven Linsen eine Kurzsichtigkeit verbessert. Um sich besser merken zu können, welche Krümmung wie benannt ist, existiert die Eselsbrücke mit dem braven Mädchen. Ist das Mädchen nicht schwanger, ist der Bauch nach innen gewölbt, also konkav und ist sie schwanger, dann nach Außen und somit konvex.

Welche Aufgabe fällt einem Generator zu?

Ein elektronischer Generator hat die Aufgabe, Energie, die durch Bewegung entsteht, in elektrische Energie umzuwandeln. Im Gegensatz dazu existiert der Elektromotor, der die elektrische Energie erneut zurück in Bewegungsenergie wandelt. Dabei funktionieren nahezu alle Generatoren gleich – durch eine Drehbewegung, werden sie zum Rotieren gebracht. Für die Grundlage des Funktionierens eines Generators ist vor allem die Induktion mit ihren dazugehörigen Gesetzen relevant. Die Induktion tritt dann auf, wenn der entsprechende Leiter innerhalb eines Magnetfeldes bewegt wird oder sich in einem ruhenden Magnetfeld befindet. Welche Art zutrifft, ist von dem jeweiligen Generator abhängig. Man unterscheidet Generatoren hauptsächlich in Gleichstrom- und Wechselstromgeneratoren.

Was besagt das Trägheitsgesetz?

Das Trägheitsgesetz wurde indirekt schon bei der Erdrotation angesprochen, allerdings wollen wir nun genauer darauf eingehen. Das Trägheitsgesetz besagt, dass jeder Körper, wenn er stillsteht oder sich gleichförmig bewegt, solange in diesem Zustand bleibt, bis eine Kraft auf ihn einwirkt. Bedeutet, solange die Summe aller auf den Körper einwirkenden Kräfte 0 ist, kommt es nicht zu einer Veränderung dieses Zustands. Entdeckt wurde dieses Phänomen von dem Physiker Isaac Newton. Der Begriff der Trägheit wurde gewählt, da ohne Einwirkung anderer Kräfte keine Änderung des Zustandes geschehen würde. Sichtbar wird dieses Gesetz vor allem beim Beschleunigen oder Abbremsen von Körpern, so beispielsweise beim Bahnfahren.

Was ist eine Reihenschaltung?

Innerhalb eines Stromkreislaufes kann man verschiedenste Dinge zwischenschalten. Dabei kann man entweder eine Glühbirne zwischenschalten oder direkt mehrere, die man nacheinander in den Kreislauf einbindet. Es handelt sich dabei jedoch nur um eine Reihenschaltung, wenn zwischen den einzelnen Elementen keine Abzweigungen existieren. Je nach Bedarf kann die Anzahl der Elemente variieren. Ein bekanntes Beispiel für eine Reihenschaltung stellt die Lichterkette am Tannenbaum dar. Dort sind viele Lichter, die meist identisch sind, an einer Kette befestigt und leuchten, sobald man die Lichterkette an den Strom anschließt. Allerdings kennt auch jeder mit einer solchen Lichterkette das Dilemma, wenn ein Element nicht richtig verbunden ist. Die gesamte Kette funktioniert nicht mehr, sodass man zunächst den einen „Übeltäter“ suchen muss. Das Äquivalent der Reihenschaltung stellt die Parallelschaltung dar.

Was ist das Drehmoment?

Das Drehmoment beschreibt die Kraft, die einen Körper zu einer Drehung bewegen kann. Somit ist das Drehmoment eine physikalische Größe, die der Mechanik zugeordnet wird. Allerdings wird diese Kraft nicht ausschließlich auf die drehende Bewegung, sondern auch auf die geradlinige Bewegung bezogen. Das Drehmoment kann bei einem sich drehenden Gegenstand dafür sorgen, dass dieser langsamer oder schneller wird. Zudem kann er für ein Verbiegen oder Verdrehen des Körpers sorgen. Gemessen wird in Newtonmeter und angegeben wird das Drehmoment mit dem Formelzeichen M. Ob und wie stark eine Kraft auf einen drehbaren Körper Einfluss nehmen kann, hängt von der Menge, der Richtung und dem Abstand der Wirkung der Kraft ab. Mithilfe des Drehmoments ermittelt man die Höhe der aufgewendeten Kraft.

Was ist ein Supraleiter?

Bei Supraleitern handelt es sich um Materialien, die ihren elektrischen Widerstand vollständig verlieren, sobald eine bestimmte Temperatur unterschritten wird. Ab dieser Temperatur stehen die quantenmechanischen Effekte im Vordergrund. Diese Entdeckung wurde 1911 von dem niederländischen Physiker Heike Kamerlingh Onnes gemacht. Der Supraleiter ist ein makroskopischer Quantenzustand, was bedeutet, dass sich der Zustand des Supraleiters nur quantenphysikalisch konkret beschreiben lässt und nicht klassisch. Die kritische Temperatur, bei der es zu dem Verlust des elektrischen Widerstandes kommt, ist dabei so niedrig, dass in der Regel verflüssigtes Helium mit einer Siedetemperatur von -269 °C benötigt wird. Bei Hochtemperatursupraleitern wird lediglich verflüssigter Stickstoff mit einer etwas geringeren Siedetemperatur genutzt. Zu den Supraleitern zählen die meisten Metalle, aber auch andere Stoffe. Typische Beispiele sind Quecksilber oder Aluminium.

Kapitel 7: Die Zahlen, die die Welt zusammenhalten

Mathematik – das Lieblingsfach sehr vieler Menschen. Angefangen bei dem Rechnen mit Zahlen, was bei dem ein oder anderen Thema bereits zu Schwierigkeiten führt, wirft es einen oftmals spätestens dann aus der Bahn, wenn die Zahlen auf einmal durch Buchstaben ersetzt werden und man das Gefühl hat, doch eigentlich im Deutschunterricht zu sitzen.

Wie lautet der Satz des Pythagoras?

Der Satz des Pythagoras, der auch Hypotenusensatz genannt wird, besagt, dass in einem rechtwinkligen Dreieck, bestehend aus Ankathete, Gegenkathete und Hypotenuse, die Summe der Quadrate der beiden Katheten der Summe des Quadrates der Hypotenuse entspricht. Somit lautet dieser Satz: $a^2+b^2=c^2$.

Welche Zahl ist Pi?

Die genaue Zahl für π lautet 3.14159265359. Pi ist eine Kreiszahl, die das Verhältnis des Kreisumfangs zum Kreisdurchmesser definiert. Bei Pi handelt es sich um eine irrationale Zahl, das bedeutet, dass die Zahl zwar reell, aber nicht rational ist. Dadurch ist π unendlich und nicht periodisch. Somit ist die zu Anfang angegebene Zahl auch nicht ganz korrekt, sondern zeigt lediglich die ersten elf Nachkommastellen von Pi. Das zeigt auch, dass Pi nicht periodisch ist, da sich bei periodischen Zahlen die Nachkommastellen in derselben Reihenfolge wiederholen.

Was ist der Dreisatz?

Die Berechnung im Dreisatz wird den meisten noch im Zusammenhang mit der Prozentrechnung im Gedächtnis geblieben sein. Doch worum geht es genau und wie funktioniert es?

Vorab gesagt kommt der Dreisatz zu seinem Namen, da man in drei aufeinanderfolgenden Zeilen zu seinem Ergebnis kommt. Meistens geht man dabei so vor, dass in der zweiten Zeile das Ergebnis von ***einem Prozent*** oder Anteil berechnet wird, um dann im dritten Schritt auf Grundlage dessen sein Ergebnis ausrechnen zu können. In einem praktischen Beispiel könnte dies dann beispielsweise so aussehen, dass Claudia sich neun Äpfel für insgesamt 4,95 € gekauft hat und nun wissen möchte, wie viel sie für vier Äpfel hätte zahlen müssen. Dann notiert sie sich in der ersten Zeile neun Äpfel = 4,95 €. In der zweiten Zeile rechnet sie dann aus, wie teuer ein Apfel gewesen wäre, sie teilt also 4,95 € durch neun Äpfel. Dabei kommt sie auf 0,55€. Und im dritten Absatz berechnet sie auf Basis der zweiten Zeile den Preis für vier Äpfel. Sie rechnet also 0,55 € x vier Äpfel und bekommt dann ihr Ergebnis von 2,20 €. Mit dem Vorgehen des Dreisatzes konnte Claudia sich ganz einfach die Frage beantworten, wie viel sie für vier Äpfel hätte bezahlen müssen.

Wie funktioniert die Prozentrechnung?

Vor allem dann, wenn man sich mit Konsum beschäftigt, stößt man früher oder später sicherlich auf Rabatte. Diese können unterschiedlich hoch ausfallen und auch wenn es an sich noch so leicht wäre, den genauen Rabattabzug auszurechnen, fällt es den meisten Menschen recht schwer. Vorab sollte man verstehen, dass 1 % nichts anderes ist als 1 geteilt durch 100. Dementsprechend sind beispielsweise 33 % „ausgeschrieben" 33 geteilt durch 100. Man kann zum Ausrechnen durchaus auf den Dreisatz zurückgreifen, aber es geht auch anders. Nun kommen wir zum Ausrechnen von Prozenten und wie diese den Preis reduzieren. Dafür brauchen wir den vorherigen Preis und den Prozentsatz, der abgezogen wird. Dann schreiben wir die Prozentzahl als Bruch und multiplizieren ihn mit dem Ursprungspreis. Haben wir zum Beispiel bei einem Preis von 20 € einen Rabatt von 22 %, dann schreiben wir in die obere Spalte als Zähler die 20 € multipliziert mit den 22 % und in die untere Zeile, den Nenner, die 100. Rechnet man das Ganze aus, kommt man letztendlich dazu, dass die 22 % 4,40 € entsprechen. Du zahlst somit nur noch 15,60 € für das gewünschte

Gut. Möchte man den Ursprungspreis oder den Prozentsatz ausrechnen, muss man die Formel einfach entsprechend umstellen.

Wie rechne ich richtig um?

Man kann selbstverständlich viele Dinge umrechnen. An dieser Stelle soll es jedoch um das Umrechnen von Mengen- und Längenangaben gehen, da man damit im Alltag doch häufiger konfrontiert wird. Beginnen wir mit dem Umrechnen von Längenangaben. Es gibt, angefangen bei der kleinsten Länge bis hin zur größten: Millimeter (mm), Zentimeter (cm), Meter (m), Dezimeter (dm) und Kilometer (km). Diese Reihenfolge ist wichtig, um am Ende korrekt umrechnen zu können. Die generelle Umrechnungszahl ist 10. Das bedeutet, dass, je nachdem in welche Richtung du umrechnest, sich das Komma um eine Stelle verschiebt. Damit ist gemeint, dass beispielsweise bei der Umrechnung von 1 cm in Millimeter das Komma um eine Stelle nach hinten gesetzt wird. Also ist 1 cm gleich 10 mm. Wenn man nun in die andere Richtung gehen würde, um herauszufinden, wie viele Dezimeter 1 cm sind, würde sich das Komma nach vorne schieben und man wüsste, dass 0,1 dm gleich 1 cm sind. Genau genommen ist das Umrechnen von Längen recht einfach, sofern man die Reihenfolge und die Verschiebung einmal gelernt hat. Möchte man den Flächeninhalt ausrechnen, dann muss man auf die Umrechnung mit der Zahl 100 zurückgreifen, da es sich bei dem Ergebnis um die Angabe in beispielsweise Quadratmetern (m^2) handelt.

Bei der Umrechnung von Mengenangaben ist die Vorgehensweise eigentlich identisch. Allerdings ist die Umrechnungszahl, die man hierfür verwendet, nicht mehr 10, sondern 1000. Die Reihenfolge ist hier: Milligramm (mg), Gramm (g), Kilogramm (kg), Dezitonne (dt) und Tonne (t). Die letzteren beiden Angaben werden im Alltag eher seltener gebraucht. Wenn man nun also in Erfahrung bringen möchte, wie viel Milligramm 1 g sind, verschiebt man das Komma um drei Stellen nach hinten und weiß so, dass die Antwort 1000 ist. Wenn man auf der anderen Seite wissen möchte, wie viel 1 g in Kilogramm sind, verschiebt man das Komma dementsprechend nach vorne. Somit sind 1 g gleich 0,001 kg.

Wie berechne ich Zinsen?

Um selber und ohne Onlinerechner die Zinsen ausrechnen zu können, muss man einige Angaben kennen. Zum einen muss das Kapital, das investiert wird, bekannt sein. Darüber hinaus benötigt man den Zinssatz und gegebenenfalls die Anzahl der Jahre, wenn die Zinsen auf einen längeren Zeitpunkt gestreckt werden. Widmen wir uns zunächst der Berechnung der Zinsen, wenn das Kapital für lediglich ein Jahr angelegt wird. Ist das der Fall, lautet die Formel Kosten multipliziert mit dem Zinssatz geteilt durch 100. Legt man für 1 Jahr 300 € bei einem Zinssatz von 2 % an, erhält man nach Ablauf dieser Zeit bei Anwendung der eben genannten Formel 6 € Zinsen, somit hat man nach einem Jahr insgesamt 306 €. Wenn man das Geld unter einem Jahr anlegt, muss in der Formel noch die Monatskomponente ergänzt werden. Dann multipliziert man einfach die 300 € aus unserem Beispiel mit den 2 % und der Anzahl der Monate im Zähler. Dann muss man in den Nenner bei der 100, durch die geteilt wird, nur noch mit 12, aufgrund der 12 Monate, multiplizieren, und schon kann man auch diese Zinsen recht leicht berechnen. Handelt es sich bei der Berechnung um eine tagesabhängige Berechnung, ersetzt man die Monatsangabe in dem Zähler durch die Anzahl der Tage. Und im Nenner wird die 12 durch eine 360 ergänzt, da mit dem Bankenjahr, das 360 Tage umfasst, gerechnet wird.

Wie berechne ich Flächen?

Das Berechnen einer Fläche wird einem meistens seltener im Alltag begegnen, wenn man beruflich nichts damit zu tun hat. Allerdings kann es sicherlich nicht schaden, in der Lage zu sein, diese auszurechnen, wenn man beispielsweise die Größe eines Raumes oder Teil eines Raumes in Erfahrung bringen möchte. Auch, wenn man eine Wand streichen möchte, kann es zur Ermittlung der Farbmenge, nicht schaden, die Flächengröße zu kennen. Am einfachsten ist es, wenn man die Fläche eines ***Rechteckes*** ermitteln will. Dafür muss man einfach die beiden unterschiedlichen Längen kennen und diese miteinander multiplizieren. Das bedeutet, dass ein Rechteck mit den

Längenmaßen 12 und 18 cm einen Flächeninhalt von 216 cm^2 hat. Wenn man ein ***Quadrat*** hat, um dessen Fläche es sich handelt, ist die Berechnung leicht, da alle Seiten die gleiche Länge haben. Somit rechnet man schlicht die Länge der einen Seite hoch zwei. Ist die Länge beispielsweise 6 m, rechnet man 6^2. Dann hat man 6 x 6 und kommt letztendlich zu dem Ergebnis, dass die Fläche, um die es sich handelt eine Flächengröße von 36 m^2 hat. Um die Fläche eines ***rechtwinkligen Dreieckes*** zu berechnen, nimmt man die beiden Längen der Katheten. Dann teilt man die Länge einer Kathete durch zwei und multipliziert das Ergebnis mit der Länge der zweiten Kathete. Hat man ein rechtwinkliges Dreieck mit Katheten, von denen eine 15 und die andere 16 cm lang ist, teilt man die 15 durch zwei, kommt also auf 7,5 cm und multipliziert diese Zahl mit der zweiten Länge von 16 cm. Die Fläche dieses Beispieldreiecks beträgt also 120 cm^2.

Was sind Primzahlen?

Primzahlen sind Zahlen, die sich nur durch die Zahl 1 und sich selbst teilen lassen. Das trifft, abgesehen von der Zahl 2, nur auf ungerade Zahlen zu. Allerdings nicht auf alle ungeraden Zahlen. So trifft es beispielsweise auf die Zahlen 19 und 23 zu, nicht aber auf die Zahl 21. Primzahlen existieren nur bei den natürlichen Zahlen über 1. Zudem gibt es unendlich viele Primzahlen. Bei den Zahlen 0 und 1 handelt es sich nicht um Primzahlen. Das liegt daran, dass man 0 nicht durch sich selbst teilen kann, beziehungsweise darf. Die Zahl 1 ist keine Primzahl.

Was ist ein Quotient?

Bei dem Quotienten handelt es sich um das Ergebnis des Dividierens, also Teilens. Man teilt den Dividend durch den Divisor und erhält als Ergebnis den Quotienten oder auch den Wert des Quotienten. Teilt man also die Zahl 21 als Dividend durch die Zahl 3, den Divisor, ist die Zahl 7 der Quotient.

Was besagt die Punkt-vor-Strich-Rechnung?

Die Punkt-vor-Strich-Rechnung besagt, dass man immer vor den Rechenarten Addition und Subtraktion, also plus und minus, die Multiplikation und Division, mal und geteilt, beachten muss. Wenn man diese Regel missachtet, wird das Ergebnis am Ende nicht stimmen. Diese Regel ist dann wichtig, wenn verschiedene Rechenarten in einer Aufgabe kombiniert werden. Wenn man beispielsweise die Aufgabe 5x7+4-6 vor sich hat, rechnet man zunächst den ersten Teil aus, sodass man auf das Ergebnis 35 kommt. Anschließend nimmt man sich dann den zweiten Teil vor und letztendlich erhält man das Ergebnis 33. Vor allem dann, wenn keine Klammern vorhanden sind, kommen damit viele Menschen durcheinander und am Ende nicht zum Ziel.

Was ist eine quadratische Gleichung?

Eine quadratische Gleichung zeichnet sich immer durch die Angabe $\mathbf{a*x^2+b*x+c=0}$ aus. Dabei muss a ungleich 0 sein. Die drei Buchstaben a, b und c sind die Koeffizienten. Das bedeutet, sie ergänzen einen anderen mathematischen Ausdruck, wie beispielsweise x, als Faktor. Das wiederum bedeutet, dass der Koeffizient und beispielsweise x multipliziert werden. Dabei ist $a*x^2$ das quadratische, b*x das lineare und c das konstante Glied der Gleichung. Die drei Koeffizienten werden in einer normalen quadratischen Gleichung durch Zahlen ersetzt.

Wie unterscheiden sich rationale und irrationale Zahlen?

Bei den rationalen Zahlen handelt es sich, neben den ganzen Zahlen, um alle Zahlen, die in einem Bruch oder als Dezimalzahl dargestellt werden. Im Gegensatz dazu handelt es sich bei den irrationalen Zahlen um die Zahlen, die nicht in einem Bruch dargestellt werden können, da die Nachkommastellen unendlich sind. Dazu gehören beispielsweise Pi und die Euler'sche Zahl. Außerdem zählen viele Zahlen, die in Wurzeln angegeben sind, dazu.

Kapitel 8: Auf den Spuren unserer Vorfahren

Selbstverständlich ist nicht nur aktuelles oder zukünftiges Geschehen relevant, sondern die Vergangenheit ist auch durchaus wichtig. Denn ohne unsere Vorfahren, die Teil der vergangenen Geschichte waren, wären wir nicht existent und die Welt, wie wir sie heute kennen, definitiv auch nicht.

Wie lange dauerte der 100-jährige Krieg?

Man würde wohl vermuten, dass ein Krieg mit diesem Namen wirklich so lange angedauert hat. Allerdings ist der Name des Krieges irreführend. Tatsächlich hat der 100-jährige Krieg von 1337 bis 1453 angedauert, also insgesamt 115 Jahre. Dabei ging es generell darum, dass die englischen Könige den französischen Thron für sich beanspruchen wollten. Allerdings handelte es sich in dieser Zeitspanne um mehrere kleine Kriege und Auseinandersetzungen, die später unter dieser Bezeichnung zusammengefasst wurden. Im Gegensatz dazu hat der 30-jährige Krieg tatsächlich 30 Jahre angedauert und ging von 1618 bis 1648.

Wann begann der Erste Weltkrieg?

Der Erste Weltkrieg begann im Jahr 1914, konkret am 28.07.1914 durch die Kriegserklärung von Österreich-Ungarn an Serbien. Dem vorausgegangen ist das Attentat auf den Thronfolger Österreich-Ungarns und seine Frau, bei dem die beiden von einer serbischen Bewegung ermordet wurden. Da dieses Attentat in Sarajevo geschah, hat es den Namen „Attentat von Sarajevo“ bekommen. Dieser Vorfall führte zu der Julikrise. Während dieser Krise, ausgelöst durch das Attentat, spitzte sich der Konflikt zwischen den europäischen Großmächten, bestehend aus den Ländern Großbritannien, Frankreich, Österreich, Preußen, Russland und Serbien, zu. Letztendlich mündete diese Krise in dem Beginn des Ersten Weltkrieges. Das Ende dieses Krieges war der 18.11.1918.

Was ist der Warschauer Pakt?

Der Warschauer Pakt war ein Vertrag, der von 1955 bis 1991 bestand. Er wurde zwischen den heutigen Ländern Albanien, Bulgarien, Polnisch, Rumänien, Russland, der Slowakei, Ungarn, Tschechien und Deutschland geschlossen. Zum damaligen Zeitpunkt handelte es sich jedoch um die sozialistische Volksrepublik Albanien, die Volksrepublik Bulgarien, die Deutsch-Demokratische Republik, kurz DDR, die Volksrepublik Polen, die sozialistische Republik Rumänien, die Union der sozialistischen Sowjetunion, die Volksrepublik Ungarn und die Tschechoslowakische Sozialistische Republik. Alle Mitgliedstaaten dieses Bündnisses waren gleichberechtigt, standen jedoch unter der militärischen Macht der Sowjetunion. Der Hauptgrund der Gründung dieses Verteidigungsbündnisses lag darin, dass ein Gegenstück zum Pakt des Westens, der Nato, gebildet werden sollte. Diese wurde 1949 gegründet und unterlag der militärischen Führung der USA. Mit dem Inkrafttreten des Pariser Vertrags am 05.05.1955 bekam die Bundesrepublik die Möglichkeit, sich der Nato anzuschließen. Dadurch war auch eine erneute Aufrüstung möglich, was eigentlich durch die Besatzung verhindert werden sollte, dementsprechend dagegen war auch die Sowjetunion. Darüber hinaus folgte mit der Unterzeichnung des österreichischen Vertrages zwischen Österreich und den Alliierten am 15.05.1955 ein weiterer Grund. Denn ohne den Warschauer Pakt hätte die Sowjetunion, die bis dahin die größte Besatzungszone Österreichs inne hatten, seine Truppen abziehen müssen. Als die Sowjetunion zerfiel, hatte das ebenfalls zur Folge, dass der Warschauer Pakt am 01.07.1991 aufgelöst wurde.

Wann wurde die Deutsche Mauer gebaut?

Die Deutsche Mauer wurde ab dem 13.08.1961 gebaut. Mit dem Bau der Mauer sollten die Grenzen zwischen Ost- und Westdeutschland eindeutig geregelt sein. Dadurch sollte der Flüchtlingsstrom von Osten nach Westen nicht nur eingedämmt, sondern gänzlich gestoppt werden. Diese Grenze sollte über 28 Jahre bestehen bleiben, bevor es 1989 zum Fall der Mauer kam. Sie wurde von der Deutschen Demokratischen Republik, kurz DDR, erbaut. Nach Ende des Zweiten Weltkrieges wurde Deutschland in verschiedene Besatzungszonen eingeteilt. Dabei wurde die DDR, die der Sowjetunion zugeordnet war, seit 1952 zum Westen hin abgeriegelt. Dafür gab es eine Sperrzone, die mehrere Kilometer breit und nahezu das ganze Land teilte. Die Möglichkeit, von Osten nach Westen zu gelangen, sollte durch viele Straßensperrungen weitestgehend eingedämmt werden. Wie jedoch zu Anfang bereits erwähnt, gab es dennoch viele Flüchtlinge, die vom Osten in den Westen gelangen wollten. Der Plan, diese Fluchtmöglichkeit durch eine Mauer vollständig einzudämmen, bestand schon etwas länger, jedoch wurde erst im August die Zustimmung Moskaus gegeben und der Bau konnte beginnen. Man nutze zunächst Stacheldraht, um die Sperrzone abzuriegeln. Im Laufe der nächsten Jahre wurde dann der Stacheldraht durch eine Mauer aus Beton ersetzt, deren Bau bis 1968 gedauert hat. Allerdings war die Mauer nicht annähernd geeignet genug, sodass eine Optimierung bis zu dem Jahr 1980 durchgeführt wurde. Doch auch nach dieser Optimierung wurde die Mauer erneut bis zum Jahr 1989 verbessert. Das lag unter anderem daran, dass man so wenige Menschen wie möglich erschießen wollte. Denn je mehr Menschen an der Grenze erschossen wurden, desto schlechter stand die DDR bei den anderen Ländern da. Doch auch wenn man den Fluchtversuch im schlechtesten Fall mit seinem Leben bezahlte, gab es durchaus Menschen, die diese Flucht wagten. Erfolgreich waren jedoch wohl nur die wenigsten. Die Mauer war gut bewacht mit abgerichteten Hunden, Wachtürmen oder Schützenstellungen. So verloren mindestens 235 Menschen ihr Leben bei ihrem Fluchtversuch. Erst am 09.11.1989 kam es zur Öffnung der Mauer. Am 03.10.1990 kam es dann zur Wiedervereinigung und die Bundesrepublik Deutschland wurde gegründet.

Was besagt die Dolchstoßlegende?

Bei der Dolchstoßlegende geht es um eine erfundene Rechtfertigung der Nationalisten, wie es zur Niederlage des Deutschen Reichs im ersten Weltkrieg kam. Dieser Legende nach waren weder das Militär noch die Führung des Kaiserreiches an der Niederlage Schuld, sondern stattdessen die Sozialisten und Demokraten, die durch revolutionäres Handeln dem Deutschen Reich in den Rücken gefallen seien. Sie hätten hinterrücks agiert und in der Heimat durch ihr Handeln für die Niederlage der unbesiegten Armee gesorgt. Dadurch widerlegte man die Tatsache, dass die Niederlage an der Front stattgefunden hat. Diese nicht belegbare Geschichte wurde von dem Generalfeldmarschall Hindenburg erstmals aufgebracht. Das hatte zur Folge, dass Morde an demokratischen Politikern verübt wurden. Diese Legende wurde aufgrund des hohen Ansehens, das Hindenburg genoss, lange von dem Volk geglaubt. Sein Ansehen führte auch dazu, dass er zum Reichspräsidenten gewählt wurde. Zudem konnte seine Geschichte für die Propaganda der Weimarer Republik genutzt werden.

Wann wurde das World Trade Center zerstört?

Die Zerstörung des World Trade Centers war ein Ereignis, das viele Menschen erschüttert hat. Am 11.09.2001 flogen zwei Flugzeuge in die beiden Twin Towers, die das Kernstück dieses Centers darstellten und mit ihrer Höhe das Stadtbild New Yorks prägten. Das World Trade Center bestand insgesamt aus sieben Gebäuden. Bei dem Zerfall der beiden über 400 m hohen Türmen wurden die umliegenden dazugehörigen Gebäude entweder direkt vollständig zerstört oder so stark zerstört, dass sie nur noch abgerissen werden konnten. Infolge dieses Terroranschlags starben insgesamt 2753 Menschen. Das World Trade Center wurde damals zwischen 1966 und 1975 gebaut und fertiggestellt. Dabei löste der Nordturm mit einer Gesamthöhe von 417 m Höhe das bisher höchste Gebäude New Yorks, das Empire State Building, mit einer Höhe von 381 m, ab. Tatsächlich war der Anschlag im Jahr 2001 nicht der erste auf das World Trade Center. Anfang des Jahres 1993 gab es einen ersten Bombenanschlag islamistischer Terroristen. Dabei wurde in der Tiefgarage in einem Auto eine erhebliche Menge Sprengstoff und begünstigende Stoffe platziert. Infolge der Detonation wurden sieben Stockwerke zerstört und sechs Menschen verloren ihr Leben. Mit zusätzlich tausenden Verletzten und der Zerstörung an sich gilt dieser Rettungseinsatz als einer der größten New Yorks. Die Täter wurden in den darauffolgenden Jahren zur Rechenschaft gezogen. So wurden sechs islamistische Terroristen verurteilt und bekamen jeweils eine Strafe in Höhe von 240 Jahren. Nach diesem ersten Attentat wurden die Sicherheitsmaßnahmen mit einer hohen Summe deutlich verbessert und die Sicherheitsstandards angehoben.

Die Anschläge fanden in den Morgenstunden des 11.09.2001 statt. Alles begann damit, dass vier Flugzeuge von insgesamt 19 Terroristen, die dem Netzwerk Al-Quaida angehören, entführt wurden. Innerhalb von knapp einer Viertelstunde flogen zwei dieser Flugzeuge in die beiden Türme des World Trade Centers und brachten diese nach dem Ausbreiten einiger Brände auf verschiedenen Stockwerken zum endgültigen Einsturz. Da der Einsturz erst folgte, nachdem die Stützbalken nachgaben, konnten etwa 15.000 Menschen noch rechtzeitig die Gebäude verlassen. Anschließend wurde beschlossen, auf der Fläche, die Ground Zero genannt wird, neue Bauten zu erschaffen. Die einzelnen Gebäude, insgesamt werden es sieben, sind momentan alle fertiggestellt, abgesehen von dem Two World Trade Center, das erst 2021 abgeschlossen werden soll. Mit dem Bau des One World Trade Centers mit einer Höhe von 541 m, gehört dieses Gebäude an sechster Stelle zu den höchsten Gebäuden der Welt. Auch die anderen Gebäude haben beachtliche Höhen und werden Three-, Four-, Five und 7 World Trade Center genannt. Ergänzt werden diese Gebäude von dem World Trade Center Memorial, einem Gedenkmuseum.

Was war die Rote Armee?

Die Rote Armee bestand ab dem Jahr 1918 bis zum Jahr 1946. Dabei wurde mit diesem Namen das Heer der Sowjetunion bezeichnet. Angestoßen wurde diese Entwicklung von dem sowjetischen Revolutionär Lew Dawidowitsch Bronstein, den meisten besser bekannt als Leo Trotzki. So kam es von 1918 bis 1925 zu der Entwicklung von den Roten Garden zur Roten Armee. Von 1936 bis 1938 kam es aufgrund vermeintlicher Verschwörungen zu einer Dezimierung der Führung der Roten Armee durch den damaligen sowjetischen Diktatoren Stalin. Zudem kam es 1940 zu der Ermordung Trotzkis durch einen Agenten, der sich im mexikanischen Exil befand. In den Jahren 1941 bis 1945, im Zuge des Zweiten Weltkriegs, fiel der Roten Armee die

Aufgabe zu, die Sowjetunion zu verteidigen, die Angriffe der deutschen Gegner zurückzudrängen und den größtmöglichen Teil Osteuropas einzunehmen. Aufgrund der Fehlannahme des Deutschen Reichs, die Rote Armee sei ihnen unterlegen, kam es nach anfänglichen Erfolgen zu einem erheblichen Rückschlag, der bis zum Vorschreiten der Roten Armee nach Berlin reichte. Zusätzlich spielte das sowjetische Wetter der Roten Armee in die Karten. Die deutschen Truppen konnten mit den kalten Bedingungen und damit verbundenen Umständen des Weges nicht umgehen, sodass allein dadurch zahlreiche Opfer gefordert wurden. Generell gab es jedoch bei diesem Vormarsch nicht wenige Opfer, sodass im Schnitt auf einen toten deutschen Soldaten etwa 20 tote sowjetische Soldaten kamen.

Was war die Apartheid?

Die Apartheid beschreibt eine Phase, die sich von Anfang des 20. Jahrhundert bis kurz vor Ende desselben Jahrhunderts zog. Dabei hatte die Rassentrennung in Südafrika zwischen 1940 und 1980 ihren Höhepunkt. Diese Periode wird vor allem durch das Bild der „Weißen" als selbsterklärende Vorherrschender charakterisiert. Zustande kam diese extreme Form des Rassismus durch die Einwanderung der weißen Bevölkerung in den vorausgegangenen Jahrhunderten, die der Meinung waren, dass die dunkelhäutige Bevölkerung nichts wert sei und somit unter anderem als Sklaven herhalten müssten. So kam es dazu, dass die dunkelhäutige Bevölkerung deutlich weniger Rechte hatte. Die Zeit der Apartheid begann 1948 mit der Machtübergabe an eine neue Partei. Denn mit dieser Partei gab es nicht mehr nur die alltägliche Diskriminierung gegenüber dunkelhäutigen Mitmenschen, sondern sie wurde gesetzlich festgelegt. Aufgrund der Auffassung, man könne Menschen in Klassen mit unterschiedlichem Wert einteilen, wurde nun auf dieser Grundlage entschieden, wer beispielsweise eine Schulbildung bekam und wer nicht. Darüber hinaus hatte diese Klassifizierung einen Einfluss auf die Tätigkeitsbereiche der Menschen und es gab Trennungsregeln bezüglich der Benutzung öffentlicher Verkehrsmittel oder beispielsweise Strände. Auch den Wohnort konnten sich die Menschen der „niederen" Klassen nicht aussuchen. Damit eine räumliche Trennung von der weißen Bevölkerung zu der restlichen vorlag, wurden diese in sogenannte Townships umgesiedelt, die außerhalb der Stadt lagen. Die Politik der Apartheid traf sowohl im Land selbst als auch bei anderen Ländern auf Ablehnung. Innerhalb des Landes wurden Gegner weggesperrt und meist zu lebenslanger Haft verurteilt. So erging es auch Nelson Mandela 1964, dem wohl bekanntesten Gegner dieser Politik. Irgendwann wurde der Druck von innen und außen zu groß, sodass die Apartheid nicht weiter bestehen konnte. Dadurch kam es 1990 zur Entlassung Mandelas, der sich daraufhin mit dem weißen Präsidenten des Landes zusammensetze. Man einigte sich auf Neuwahlen. Darauf folgte 1992 die Abschaffung der Apartheid, nachdem die Mehrheit der weißen Bevölkerung sich dafür aussprach. Zwei Jahre später wurde die Rechtegleichheit aller Südafrikaner beschlossen. Des Weiteren gab es mit Nelson Mandela 1994 den ersten Präsidenten Südafrikas, der dunkler Hautfarbe war. Allerdings sollte man an dieser Stelle nicht vergessen, dass trotz der Abschaffung der Apartheid auch heute noch Rassismus gegenüber dunkelhäutigen Menschen allgegenwärtig ist.

Was war die Boston Tea Party?

Die Boston Tea Party bezeichnet eine Widerstandsbewegung, die am 16.12.1773 stattfand. Ort dieses Aktes war, der Name verrät es bereits, Boston. Bei diesem Widerstandsakt kamen mehrere Bürger Bostons vermutlich aus allen Gesellschaftsschichten zum Hafen, verkleidet als Indianer. Anschließend katapultierten sie etwa 342 Kisten Tee der East Indian Company ins Wasser. Damit bildete dieses Ereignis den Höhepunkt eines langanhaltenden Konfliktes zwischen den nordamerikanischen Kolonien und dem Vereinigten Königreich Großbritannien. Dem vorausgegangen waren immer weiter ansteigende Schulden Großbritanniens, die durch Steuerzahlungen der Kolonien auf verschiedene Güter reduziert werden sollten. Diese sahen es jedoch nicht ein, Steuern zu zahlen, ohne ihr Stimmrecht aufgrund der recht großen Distanz wahrnehmen zu können. Diese Ausgangssituation wurde dann zu einem langen Konflikt ausgedehnt. Letztendlich wurden irgendwann die Zölle weitestgehend wieder aufgehoben, abgesehen von dem Teezoll. Wie auch bei anderen Waren, die mit Steuer- oder Zollzahlungen verbunden waren, wurde auch Tee boykottiert und aus anderen Ländern geschmuggelt. Als sich daraufhin die East Indian Company irgendwann dem Bankrott nahe sah, sich das Großbritannien aber nicht leisten konnte, beschloss man den Tea Act. Mit der Durchführung dessen waren die Kolonialisten jedoch nicht einverstanden, sodass die Situation seinen Höhepunkt in der Boston Tea Party fand.

Was war der D-Day?

Die Landung der Alliierten in der Normandie, die auch Operation Overload genannt wird, begann am 06.06.1944. Dadurch wurde dieser Tag bekannt als D-Day. Er markiert den Anfang, auch Stichtag, dieser militärischen Operation. Allerdings ist diese Bezeichnung auch ein Begriff, der im englischsprachigen Raum generell für militärische Stichtage genutzt wird. Im Deutschen existiert das Äquivalent Tag X. Nach der Durchführung des D-Days und der Landung gelang es anschließend eine zweite Front im Westen Europas zu errichten. Dadurch wurde die Rote Armee der Sowjetunion entlastet. Ein Grund für die erfolgreiche Durchführung dieser Operation lag darin, dass die deutsche Wehrmacht einen Wall an der Atlantikküste errichtet hat. Dieser Atlantikwall war vor allem an der engsten Stelle am meisten gesichert, da sie davon ausgingen, dass dort die geeignetste Angriffsstelle sei. Aufgrund der Wahl, die Invasion in der Normandie zu beginnen, war die deutsche Wehrmacht zu ihrem Nachteil aufgestellt. Nach mehreren Kämpfen, die in der anschließenden Zeit folgten, kam es am 25.08.1944 zur Befreiung von Paris. Während dieser Operation gab es etwa 200.000 Todesopfer der deutschen Wehrmacht und 70.000 Tote auf Seiten der Alliierten.

Kapitel 9: Die Betrachtung der Erdoberfläche

Mittlerweile sollte uns bewusst sein, dass die Erde rund ist und es sich dabei keinesfalls um eine Scheibe handelt, an deren Ende man in das Universum fällt. Diese Erkenntnisse wären ohne die Entwicklung der Geographie wohl kaum möglich gewesen.

Wie viele Nachbarländer hat Deutschland?

An Deutschland grenzen neun Länder. Dabei handelt es sich an der westlichen Seite um die Niederlande, Belgien, Luxemburg und Frankreich, im Süden um die Schweiz und Österreich, an der östlichen Seite um Tschechien und Polen und im Norden um Dänemark.

Wie heißt die Hauptstadt Australiens?

Eine Frage, auf die die Antwort meist prompt kommt, oftmals jedoch falsch ist. Die meisten würden sicherlich Sydney sagen, da schließlich jeder die Oper dort kennt und ein solches Wahrzeichen steht doch sicherlich in der Hauptstadt. Andere würden sagen, dass es sich um Melbourne handelt. Tatsächlich sind beide Antworten falsch, da die Hauptstadt Canberra, die achtgrößte, südwestlich von Sydney gelegene Stadt Australiens, ist.

Wie heißt die kleinste Wüste der Welt?

Die kleinste Wüste der Welt nennt sich ***Carcross desert***. Sie befindet sich in einem Nationalpark in Kanada und ist gerade einmal 2,6 km^2 groß. Allerdings darf man sich bei dieser Wüste keine Wüste, wie beispielsweise die Sahara vorstellen. Stattdessen ist das dort vorherrschende Klima deutlich feuchter. Allerdings wirkt sie optisch wie eine Wüste, wodurch sie auch zu ihrem Namen gekommen ist. Die große Ansammlung von Sand und Sanddünen kommt daher, dass nach der letzten Eiszeit viele Gletscherseen zu finden waren, die sogenannten Schwemmsand mit sich brachten.

Nachdem die Seen selbst ausgetrocknet sind, blieben die Ansammlungen des Sandes bestehen. Heutzutage wird weiterer Sand durch den naheliegenden Bennett Lake zu der Wüste getragen. Ansonsten ist das Klima deutlich milder und die dortige Vegetation unterscheidet sich deutlich von anderen Wüsten und bietet einigen ungewöhnlichen Pflanzen einen Lebensraum. Das hat den Hintergrund, dass die Berge, die dieses Gebiet umgeben, den Regenfall mindern, es so trockener ist als in den umliegenden Gebieten und ein einzigartiges Klima entsteht.

Wie viele Länder gibt es auf der Welt?

Auf unserer Erde gibt es zum aktuellen Zeitpunkt 195 Staaten, bestehend aus 193 Staaten der Vereinten Nationen und den beiden Staaten Vatikanstadt und Palästina. Es gibt neun Staaten, bei denen nicht klar ist, ob sie einen eigenständigen Staat bilden, darunter die Republik China oder der Kosovo. Die genaue Zahl kann bei unterschiedlichen Quellen variieren, je nachdem, wie man die Länder zählt.

Welche Länder sind die größten der Welt?

Natürlich ist nicht jedes Land gleich oder nur ähnlich groß. Stattdessen lassen sich bei der Flächengröße der Länder extreme Unterschiede feststellen. Bevor wir uns den kleinsten Ländern widmen, sollen hier erst einmal die größten Länder der Welt Platz finden. Das größte Land der Welt ist, mit einem großen Abstand zum zweiten Platz, Russland mit 17.098.240 km². Daran schließen sich auf Platz zwei Kanada und auf Platz drei die USA an. Kanada hat eine Fläche von 9.984.670 km² und die USA folgt dicht mit 9.831.510 km². Auf dem vierten Platz befindet sich China mit einer Fläche von 9.597.000 km² und auf dem fünften Platz folgt dann Brasilien mit 8.514.880 km².

Welche Länder sind die kleinsten der Welt?

Neben den Riesen gibt es selbstverständlich auch die sogenannten Zwergstaaten. Diese zeichnen sich durch ihre geringe Fläche aus. Das kleinste Land der Welt ist der Vatikanstadt mit 0,44 km². An zweiter

Stelle folgt daraufhin Monaco mit 2 km^2. Somit befinden sich die beiden kleinsten Länder im Süden Europas. Anschließend folgen an der dritten und vierten Stelle zwei Inselstaaten des Pazifischen Ozeans. Das drittkleinste Land ist Nauru mit 21 km^2, gefolgt von Tuvalu mit 26 km^2. Auf Platz fünf findet sich dann erneut ein Land in Europa und zwar San Marino mit 61 km^2.

Wie heißt der längste Fluss Europas?

Der längste Fluss, den es in Europa gibt, ist die Wolga. Mit einer Länge von 3530 km beginnt sie in Russland, genauer in den Waldaihöhen, einem Plateau, und mündet im Kaspischen Meer. Das Kaspische Meer ist der größte See der Welt. Es wird von den Ländern Russland, Aserbaidschan, Turkmenistan, Kasachstan und dem Iran umschlossen. An zweiter Stelle folgt die Donau als zweitlängster Fluss mit 2850 km, gefolgt von dem Ural mit 2428 km Länge.

Wie viele Ozeane gibt es?

Die Oberfläche unserer Erde besteht zu 71 % aus Wasser. Dabei wird der Großteil durch unsere Ozeane abgedeckt. Dazu zählen der Atlantische, der Pazifische, der Arktische, der Indische und der Südliche Ozean. Es sind somit insgesamt fünf Ozeane, die wir als solche zählen. Allerdings werden den meisten Menschen nur die drei Ozeane Pazifik, Atlantik und Indik als solche geläufig sein. Bei dieser Zählung werden die beiden anderen Ozeane einfach den anderen drei zugeordnet. Dazu ergänzend gibt es die Ordnung der „Sieben Weltmeere“, die vor allem historisch relevant ist. Dabei werden zu dem Pazifik, Atlantik und Indik noch das Karibische Meer, Mittelmeer, Gelbe Meer und die Nordsee gezählt. Manchmal werden auch andere Meere wie die Ostsee oder das Schwarze Meer dazugezählt.

Warum begegnen sich Eisbären & Pinguine nie?

Abgesehen von Orten wie dem Zoo werden sich Eisbären und Pinguine in der freien Natur niemals begegnen können, doch warum ist das so? Der Grund dafür ist eigentlich naheliegend. Es hängt nämlich damit zusammen, dass die Pinguine am Südpol und die Eisbären am Nordpol leben. Am Südpol, auch Antarktis, herrschen so kalte Temperaturen, dass Menschen dort nicht überleben können und auch Eisbären ist es dort zu kalt. Somit sind sie am Nordpol, auch Arktis, zu finden. Dort können durchaus auch Menschen angepasst leben.

Wie lang ist die Chinesische Mauer?

Die Chinesische Mauer ist ein bekanntes Bauwerk Chinas, von dem sicherlich jeder schon einmal gehört hat. Vor allem durch die Länge sticht die Mauer hervor. Diese umfasst nämlich ganze 21.196.180 m. Zudem beträgt die Höhe der Mauer etwa sechs bis zwölf Meter und die Breite vier bis zehn Meter. Die Chinesische Mauer wurde nicht in einem Stück und in einem Zeitraum gebaut, stattdessen wurde verschiedene Abschnitte zu verschiedenen Zeitpunkten gebaut. Jeder gebaute Abschnitt fungierte damit als Grenzbefestigung, um sich gegenüber Feinden besser schützen zu können. Der Baubeginn fand bereits im 7. Jahrhundert vor Christi statt. Der letzte Teil der chinesischen Mauer wurde 1644 fertiggestellt. Seit 1987 zählt die Chinesische Mauer laut UNESCO zum Weltkulturerbe.

Welche Meere verbindet der Panamakanal?

Der Panamakanal befindet sich, wie der Name es schon vermuten lässt, in Panama. Er sorgt dafür, dass die dortige Landenge in Mittelamerika durchquert werden kann. Es handelt sich also um einen 1914 künstlich angelegten Kanal. Dabei beträgt die Länge etwa 82 km. Die Wasserstraße verbindet die beiden Ozeane Atlantik und Pazifik. Dadurch werden Schiffe große Umwege erspart. Der Panamakanal gilt als eine der wichtigsten Wasserstraßen der Welt.

Welches Land ist das bevölkerungsreichste?

Zum aktuellen Zeitpunkt ist China das bevölkerungsreichste Land der Welt. Auf einer Fläche von 9.597.000 km² leben 1,44 Milliarden Menschen. Diese Zahl entspricht knapp unter 19 % der Weltbevölkerung. An zweiter Stelle folgt Indien mit 1,38 Milliarden Einwohnern. Die Fläche Indiens beträgt dabei 3.287.000 km². Somit hat Indien einen Anteil von knapp 18 % der Weltbevölkerung. Laut Prognosen soll Indien bis zum Jahr 2100 China überholt haben, die Anzahl der Bevölkerung betreffend. Auf dem dritten Platz folgt die USA mit einer Einwohnerzahl von 331 Millionen Menschen verteilt auf einer Fläche von 9.834.000 km². Das entspricht gerade einmal einem Weltbevölkerungsanteil von 4,38 %. Wenn man diese drei Länder von ihrer Bevölkerungsdichte gegenüberstellt, sieht man die Unterschiede noch genauer. Die Bevölkerungsdichte Chinas beträgt 148 Einwohner pro Quadratmeter. Im Gegensatz dazu beträgt sie in Indien 407 Einwohner pro Quadratmeter. Darauf folgt Amerika als Kontrast mit 33 Einwohnern je Quadratmeter.

Wie heißt der höchste Berg der Welt?

Die Bestimmung des höchsten Berges der Welt ist schwerer als man zunächst vermutet. Das hängt damit zusammen, dass man sich einigen muss, von welchem Punkt aus man misst. Wenn man von der Meeresoberfläche aus misst, dann ist der höchste Berg der Welt mit 8.848 m der Mount Everest im Himalaya in Asien, konkret Nepal und China. An zweiter Stelle würde der Berg K2 mit einer Höhe von 8.611 m folgen. Dieser befindet sich im Karakorum-Gebirge in Pakistan und Xinjiang, China. Auf den folgenden drei Plätzen befinden sich weitere Berge im Himalaya, die ebenfalls alle um die 8500 m Höhe haben. Misst man hingegen von dem Erdmittelpunkt aus, dann ist der höchste Berg der Welt der Chimborazo mit 6.384.557 m über dem Erdmittelpunkt. Dieser befindet sich in den Anden in Ecuador.

Was ist das Besondere am Toten Meer?

Der Name des Toten Meeres klingt zunächst etwas merkwürdig. Allerdings rührt dieser daher, dass der Salzgehalt so hoch ist, dass Menschen dort recht einfach auf der Oberfläche treiben können. Das Tote Meer befindet sich zwischen Jordanien, Israel und dem Westjordanland. Der durchschnittliche Salzgehalt im Toten Meer liegt bei 28 %. Im Gegensatz dazu hat das Mittelmeer gerade einmal einen Gehalt von unter 4 %. Allerdings ist das Tote Meer nicht das Gewässer mit dem höchsten Salzgehalt. Dafür handelt es sich hierbei um den tiefstgelegenen See der Welt. Ganz tot ist der See jedoch nicht, es finden sich viele verschiedene Organismen darin, die sich den Umweltbedingungen angepasst haben.

Was ist Gentrifizierung?

Unter dem Begriff der Gentrifizierung versteht man ganz grob gesagt „aus alt mach neu". Konkret geht es dabei um die Aufwertung eines Stadtteils. Damit soll das Stadtbild verschönert werden. Dabei geschieht es nicht selten, dass die ursprünglichen Bewohner durch wohlhabendere Bewohner ersetzt werden. Es handelt sich also um einen sozialökonomischen Strukturwandel, der in Großstädten stattfindet und die jeweiligen Stadtteile attraktiver machen soll. Die Ursache für eine Gentrifizierung ist dabei immer unterschiedlich und kann nicht einheitlich bestimmt werden, da sie von verschiedenen Faktoren abhängig ist.

Welches Land hat die meisten Zeitzonen?

Das Land mit den meisten Zeitzonen müsste doch auch zugleich das größte sein, oder nicht? Tatsächlich ist jedoch Frankreich das Land mit den meisten Zeitzonen, und zwar zwölf, gefolgt von Russland und den USA mit elf Zeitzonen. Das mag komisch klingen, erklärt sich jedoch ganz einfach anhand der verschiedenen Überseegebiete Frankreichs, wie der Inselgruppe Guadeloupe oder der Insel Martinique in der Karibik. Insgesamt sind es fünf Überseequartiere und sieben Überseegebietskörperschaften Frankreichs. Die Unterscheidung ist dabei durch die rechtlichen Aspekte zu erklären. Bei der USA ist die höhere Anzahl der Zeitzonen ebenfalls durch kleine Überseegebiete begründet, wohingegen bei Russland die Ursache in der enormen Ost-West-Ausdehnung des Landes liegt.

Kapitel 10: Die Führung unserer heutigen Gesellschaft

Selbstverständlich gibt es auch einiges an Wissen in dem Bereich der Politik. Vor allem dieses Fach wird in der Schule an der einen oder anderen Stelle etwas zu kurz kommen. Darüber hinaus haben viele die Einstellung, dass Politik trocken und langweilig ist. Warum also sollte man sich freiwillig damit beschäftigen? Allerdings kann man von der Politik oder Politikern halten was man möchte, letztendlich sind sie in der Lage, über unser Leben in gewisser Art und Weise zu entscheiden. Dementsprechend sollte jeder Mensch ein Interesse daran haben, wenigstens grundlegendes Wissen über Politik zu haben und sich von Zeit zu Zeit über die aktuelle Lage informieren.

Wer wählt den Bundeskanzler?

Der Bundeskanzler Deutschlands wird alle vier Jahre nicht vom Bürger, sondern vom Bundestag gewählt. Die Kandidaten für die Wahl des Bundeskanzlers werden von dem Bundespräsidenten ausgewählt bzw. vorgeschlagen. Der Bundestag wiederum setzt sich aus mindestens 598 Abgeordneten der verschiedenen, von den Bürgern gewählten Parteien zusammen. Dementsprechend wählen die Bürger die Abgeordneten, die wiederum den Bundeskanzler wählen. In der Regel ist der Bundeskanzler der Partei zugehörig, die die Bundestagswahl für sich entscheiden konnte.

Wie wird der Bundespräsident gewählt und welche Aufgaben fallen ihm/ihr zu?

Zunächst wird der Bundespräsident alle fünf Jahre neu gewählt und kann, im Gegensatz zum Kanzleramt, bei dem eine unbegrenzte Wiederwahl möglich ist, nur einmalig erneut gewählt werden. Der Bundespräsident gilt auch als das Staatsoberhaupt Deutschlands. Vorerst bis 2022 ist der Bundespräsident Frank-Walter Steinmeier, der der SPD angehört, er ist somit der 12. Bundespräsident unserer Republik.

Zu seinen Aufgaben gehört zum Beispiel, dass er für die völkerrechtliche Vertretung des Landes zuständig ist. Darüber hinaus kann er Bundesgesetze ausfertigen und nach Vorschlag des Bundeskanzlers sowohl Minister ernennen als auch entlassen. Ohne Anraten des Bundeskanzlers kann er Beamte des Bundes, führende Offiziere und Richter ernennen und entlassen. Außerdem kann er sowohl die Verteidigung als auch den Krieg ausrufen.

Was versteht man unter dem Begriff der Gewaltenteilung?

Die Gewaltenteilung wurde eingeführt um zu verhindern, dass die gesamte Macht über einen Staat in der Hand einer einzigen Person liegt, wie es in einer Diktatur der Fall ist. Einen Anstoß dazu gab es erstmalig vor etwa 300 Jahren aus den Reihen der Philosophen, die ihre Bedenken äußerten. Die Gewaltenteilung setzt sich aus drei Teilen der Gewalt zusammen: Der Legislative, der Exekutive und der Judikative. Dabei handelt es sich um die Gesetzgebung, die Ausführung und die Rechtsprechung in derselben Reihenfolge. Die Unterscheidung der drei Gewalten ist vor allem dafür da, dass eine gegenseitige Kontrolle und eine Einschränkung der Macht stattfindet. In Deutschland setzen sich die drei Gewalten folgendermaßen zusammen: Der Bundestag stellt die Legislative dar, dazu kommt die Bundesregierung als Exekutive und zu guter Letzt die Judikative, die die Bundes- und Landesgerichte darstellen. Allerdings ist die ursprüngliche Gewaltenteilung und der Sinn des Ganzen in den meisten modernen Demokratien nicht mehr in dieser Form erhalten, denn oft sind Exekutive und Legislative miteinander verflochten, sodass ein striktes Gegenüberstellen dieser beiden Gewalten nicht mehr vorhanden ist.

Wie viele Staaten gehören zum Commonwealth?

Das Commonwealth of Nations, früher British Commonwealth of Nations, ist ein 1931 gegründeter lockerer Zusammenschluss, der sich aus dem Vereinten Königreich Großbritannien, Nordirland und deren ehemaliger Kolonien zusammensetzt. Die Gründung kam dadurch zustande, dass am Anfang des 20. Jahrhunderts die sich selbst verwaltenden Kolonien Neuseeland, Australien, Kanada und Südafrika autonomer sein wollten. Daraufhin wurde ihnen 1926 Autonomie zugesichert, aber durch die Zugehörigkeit zum Commonwealth die Unterordnung zur Treue der Krone gesichert. Etwa 20 Jahre später entstand mit dem Beitritt drei weiterer Staaten, Indien, das heutige Sri Lanka und Pakistan das neue Commonwealth, auch New Commonwealth. Anschließend folgten immer mehr Staaten, die ehemalige Kolonien Großbritanniens waren. Allerdings kamen auch mit dem Beitritt der Staaten Mosambik und Ruanda Staaten, die eigentlich zu einer anderen Krone gehörten, dazu. Mittlerweile umfasst der Commonwealth 54 Mitgliedsstaaten. Somit sind knapp unter 30 % der Weltbevölkerung dem Commonwealth zugehörig.

Was unterscheidet die EU von Europa?

Europäische Union oder doch Europa? Worin liegt da der Unterschied? Wenn man von Europa redet, spricht man von dem Kontinent, auf dem wir leben. So wie man von anderen Kontinenten wie Nord- oder Südamerika spricht. Im Gegensatz dazu spricht man bei der Europäischen Union von einem politischen Zusammenschluss mehrerer Länder Europas, aber nicht aller. Diese Länder verfolgen die gleichen politischen Ziele. Dazu gehören die Förderung des Friedens, das Wohlergehen der Völker und freies Reisen ohne Grenzbeschränkungen. Von den 27 zugehörigen Staaten sind 19 in einer Wirtschafts- und Währungsunion. Die EU entstand 1992 mit dem Zusammenschluss der bereits seit den 1950er Jahren bestehenden Europäischen Wirtschaftsgemeinschaft, EWG, der Europäischen Gemeinschaft für Kohle und Stahl, EGKS, und der Europäischen Atomgemeinschaft, EURATOM. In der EU gibt es gemeinsame Organe wie zum Beispiel das EU-Parlament, die EU-Zentralbank oder den Europäischen Gerichtshof. Jedes sich in Europa befindende Land hat die Möglichkeit, der EU beizutreten. Dabei müssen drei festgelegte Kriterien erfüllt werden. Zunächst geht es um die politische- und wirtschaftliche Lage. Konkret muss eine demokratische und rechtsstaatliche Ordnung herrschen, die Menschenrechte müssen gewahrt sein und Minderheiten dürfen nicht unterdrückt werden. Bei dem Aspekt der wirtschaftlichen

Lage geht es vor allem um die Grundlage der Konkurrenz innerhalb der EU, genauer gesagt dem EU-Binnenmarkt, standhalten zu können. Außerdem ist eine Grundvoraussetzung, dass die Länder bereit sind, sich der Regeln der EU in allen relevanten Aspekten anzupassen. So muss auch das gemeinschaftliche Recht übernommen werden. Diese Voraussetzung nennt sich auch Acquis-Kriterium, was als gemeinsamer Besitzstand verstanden wird. In der EU gibt es 24 Amtssprachen. Somit unterscheidet man die Anzahl der Menschen in Europa, der EU und Europäischen Währungsunion. Seit dem Austritt Großbritanniens ist die Zahl um etwa 13 % gesunken. Insgesamt leben in Europa knapp 700 Millionen Menschen.

Der wievielte Präsident ist Trump?

Als nach den US-Wahlen 2016 feststand, dass Donald Trump der 45. Präsident der Vereinigten Staaten ist, waren damit sicherlich nicht alle Menschen einverstanden. Nach einem ersten Aufschrei hat sich die Unruhe einigermaßen gelegt und nach vier Jahren kann die Präsidentschaft auch schon wieder vorbei sein. Trump ist amerikanischer Unternehmer und war Teil einiger Filme. Tatsächlich ist es ihm als bisher einziger gelungen, die Präsidentschaftswahlen zu gewinnen, obwohl er zuvor nicht politisch engagiert war. Außerdem ist er der Präsident mit dem höchsten Antrittsalter. Vor Trump war Obama zwei Legislaturperioden der Präsident der Vereinigten Staaten. Das ist die höchstmögliche Amtszeit als Präsident seit Inkrafttreten des 22. Zusatzartikels 1951.

Was ist eine Diktatur?

Bei einer Diktatur handelt es sich um die Regierung eines Landes, die aus nur einer einzigen Person oder Personengruppe besteht. Diese Person hat die Macht, Entscheidungen weitestgehend autonom zu treffen und die Mitbürger haben kein Mitspracherecht, wie beispielsweise in einer Demokratie. Die politische Macht kann somit ohne Einschränkungen ausgeführt werden. Gerechtfertigt wird diese Regierungsform oft damit, dass Staatsnotstände solche Maßnahmen erfordern, jedoch werden meist nur Eigeninteressen vertreten und Macht demonstriert. In der deutschen Geschichte war Adolf Hitler der bekannteste Diktator. Heutzutage ist wohl einer der bekanntesten Diktatoren der nordkoreanische Kim Jong-un. Tatsächlich heißt Nordkorea eigentlich Demokratische Volksrepublik Korea. Jedoch ist Nordkorea, anders als der Name es vermuten lässt, eine Diktatur. Kim Jong-un trat sein Amt 2011 nach dem Tod seines Vaters an und erbte es sozusagen.

Was ist die Erst- bzw. Zweitstimme?

Wenn in Deutschland zu Wahlen aufgerufen wird, muss man in der Regel immer zwei Stimmen abgeben – die Erst- und Zweitstimme. Dabei gibt man mit seiner Erststimme an, welchen Kandidaten man aus seinem eigenen Wahlkreis in den Bundestag wählen möchte. Darüber hinaus wählt man dann mit seiner Zweitstimme, welche Partei wie viele Sitze im Bundestag bekommen soll. In Deutschland gibt es 299 Wahlkreise, bestehend aus etwa 250.000 Menschen. Die Kandidaten werden von ihrer Partei gestellt, jede Partei darf genau einen Kandidaten stellen. Zudem gibt es auch die Möglichkeit einer unabhängigen Kandidatur. Wer die meisten Erststimmen für sich entscheiden kann, bekommt ein Direktmandat, mit dem er direkt in den Bundestag einziehen kann. Damit wird sichergestellt, dass jede Region einen Vertreter im Bundestag sitzen hat. Somit werden durch die Erststimme bereits 299 Plätze des Bundestages besetzt. Darüber hinaus entscheidet sich mit der Zweitstimme, welche Partei die Mehrheit im Bundestag bekommt. Bekommt eine Partei also am Ende 30 % aller Zweitstimmen, bekommt sie 30 % aller Sitze im Bundestag. Also 30 % der insgesamt 598 Sitze. Grundvoraussetzung dafür ist, dass eine Partei mindestens 5 % erreicht. Ist dem nicht so, dann verlieren diese Zweitstimmen ihre Wertigkeit. Mit der Zweitstimme wählt man keinen einzelnen Kandidaten, sondern die Landesliste. Diese Liste wird von den Parteien selbst erstellt und so nach Berlin gesendet. Dabei ist die Reihenfolge relevant dafür, welche Kandidaten am Ende in den Bundestag einziehen werden. Somit ziehen die weiter oben gelisteten Kandidaten eher in den Bundestag. Dementsprechend erfolgt die Verteilung der restlichen Sitze nach dem Einzug der 299 Direktkandidaten, nach den Landeslisten und den durch die Zweitstimme erreichten Anteil.

Was ist das Europaparlament?

Das Europäische Parlament ist ein seit 1952 bestehendes Organ der Europäischen Union. Dabei ist der Sitz dieses Parlaments in Straßburg in Frankreich. Dieses Parlament wird alle fünf Jahre neu gewählt. Dabei ist es das einzige Organ der Europäischen Union, das von den Bürgern selbst gewählt wird. Diese Wahlen finden seit 1979 statt, zuletzt 2019. Zudem ist das Europaparlament durch seine Direktwahlen die weltweit einzige supranationale Institution, bei der das so ist. In dem Europaparlament finden sich jährlich mehrmals für anderthalb Tage die 751 Abgeordneten, zusammengesetzt aus den Abgeordneten der verschiedenen Länder, zusammen. Die zentralen Aufgaben sind dabei die Gesetzgebung, die Aufsicht und der Haushalt. Dementsprechend werden hier beispielsweise EU-Rechtsvorschriften verabschiedet, die EU-Organe werden demokratisch untersucht und der Haushaltsplan wird gemeinsam mit dem Rat festgelegt. Den Vorsitz im Parlament hat der EU-Parlamentspräsident. Dieser wird von den Mitgliedern des Parlaments gewählt. Dabei ist eine Legislaturperiode fünf Jahre lang, jedoch hat der Präsident selbst lediglich eine Amtszeit von zweieinhalb Jahren, sodass in einer Periode zwei Parlamentspräsidenten im Amt sind.

Wer war der erste Bundeskanzler?

Die aktuell amtierende Bundeskanzlerin der Bundesrepublik Deutschland ist Angela Merkel. Doch wer war vor ihr in diesem Amt? Der erste Bundeskanzler war seit Mitte September 1949 Konrad Adenauer, der über 14 Jahre das Amt inne hatte. Nach Adenauer folgten bis heute sieben weitere Bundeskanzler, somit ist Merkel selber, seit Ende 2005, der achte Bundeskanzler und die erste Bundeskanzlerin. Die längste Amtszeit bisher hatte der sechste Bundeskanzler Helmut Kohl. Er war über 16 Jahre, seit Ende 1982, an der Spitze Deutschlands.

Kapitel 11: Worte, die Geschichte schrieben

Das geschriebene Wort kann sehr mächtig sein und Generationen überdauern. Dabei kann es seine Relevanz nie verlieren und man kann zu jeder Zeit seine Lehren daraus ziehen. Dementsprechend soll es an dieser Stelle um die Literatur gehen. Durch Überlieferungen sind wir in der Lage das Leben unserer Vorfahren zu rekonstruieren und nachvollziehen zu können.

Wer schrieb „Romeo und Julia"?

Die Tragödie von Romeo und Julia stammt aus der Feder von William Shakespeare. Er veröffentlichte sie im Jahr 1597. Das Stück spielt im 16. Jahrhundert in der italienischen Stadt Verona. Die Geschichte handelt von dem jungen Liebespaar Romeo und Julia, deren Liebe jedoch verboten ist, da ihre Familien verfeindet sind. Zwischen der Familie Romeos, den Montagues, und der Familie Julias, den Capulets, herrscht eine tiefgehende Fehde, die nicht selten in Kämpfen endet. Nach einer heimlichen Trauung der beiden und dem ungewollten Tod eines Cousins Julias durch Romeo wird dieser verbannt. Um ihre Zwangsheirat zu umgehen, nimmt Julia einen Trank, durch den sie in einen todesähnlichen Zustand versetzt wird. Romeo, der eigentlich durch einen Brief von dem Plan in Kenntnis gesetzt werden sollte, kommt zu der vermeintlich toten Julia und ist so traurig, dass er sich das Leben mit Gift nimmt. Kurz darauf wacht Julia auf und sieht den toten Romeo neben sich liegen. Daraufhin sieht sie nur noch einen Ausweg und nimmt sich mit Romeos Dolch dieses Mal wirklich das Leben. Aufgrund dieses tragischen Vorfalls versöhnen sich die verfeindeten Familien an dem Grab der beiden Liebenden.

Wie heißt das meistverkaufte Buch?

Das meistverkaufte Buch der Welt ist mit etwa fünf Milliarden Exemplaren die Bibel. An zweiter Stelle folgt, mit rund eine Milliarde verkauften Exemplaren, das Werk namens „Worte des Vorsitzenden Mao Tsetung" von Mao Tsetung.

In diesem Buch finden sich Zitate und andere Veröffentlichungen des chinesischen Revolutionärs und Politikers Mao Zedong, auch Mao Tse-tung. Es gilt als Referenz für die kommunistische Strömung des Maoismus. Auf Platz drei landet der Koran mit etwa 800 Millionen verkauften Werken.

Wer erfand den Buchdruck?

Der Buchdruck wurde in Europa maßgeblich von Johannes Gutenberg erfunden. Gutenberg war Goldschmied und entwickelte 1450 ein Drucksystem, indem er Buchstaben, genauer Lettern, aus Metall nahm, die beweglich waren und die das Drucken eines Schriftwerkes ermöglichten. Diese Art des Buchdrucks war so erfolgreich, da einige Fehlschläge und ein Kredit dem vorausgegangen waren. Mithilfe seiner Erfindung machte Gutenberg es möglich, dass Bücher günstiger wurden und erheblich mehr Menschen zugänglich gemacht werden konnten. Finanziell war das Ganze jedoch nicht allzu lohnend für Gutenberg. Das hing zum einen damit zusammen, dass Gutenberg sich hohe Kredite besorgt hatte, die natürlich zuerst getilgt werden mussten. Zum anderen hat er sich hinsichtlich des Bedarfs etwas verkalkuliert, sodass der tatsächliche Durchbruch erst mit einer höheren Schnelligkeit und festen Platten mit den Buchstaben gelang.

Worum geht es in Goethes „Faust"?

Johann Wolfgang von Goethe veröffentlichte sein Werk „Faust“ im Jahr 1808. Er benötigte für das Verfassen seines Werkes ganze 64 Jahre. Goethes Tragödie gilt als das meist zitierte und bedeutendste Werk in der Literatur Deutschlands. In dem Stück geht der Protagonist Faust nach einer Lebenskrise, infolge derer er sich das Leben nehmen wollte, einen Pakt mit dem Teufel Mephistopheles ein, nachdem dieser ihm in Form eines schwarzen Pudels erschienen war. Wenn Mephisto es schafft, ihm Lebensglück zu verschaffen, bekommt er Fausts Seele. Ab diesem Zeitpunkt befinden sich die beiden in einer Art Abhängigkeitsverhältnis. Nach einem kurzen Ausflug in eine Kneipe, der fast in einer Schlägerei geendet hat, verjüngt Mephisto Faust, sodass er deutlich attraktiver auf Frauen wirkt. Als sie dann auf eine junge Frau namens Gretchen treffen, verlangt Faust, dass Mephisto dafür sorgt, dass sie die Seine wird. Um an sein Ziel zu kommen und Gretchen für sich zu gewinnen, lassen sich die beiden einige Intrigen einfallen, so erzählen sie der Nachbarin, dass ihr Mann tot sei, damit diese sich auf Mephisto einlässt. Außerdem möchte Faust Gretchens Mutter betäuben, um mit Gretchen näheren Körperkontakt haben zu können. Dabei wird die Mutter aus Versehen vergiftet. Nachdem sich Gretchen ihrem Bruder anvertraut, möchte dieser die beiden Männer zur Rede stellen. Daraus entsteht ein Kampf, infolge dessen Faust Gretchens Bruder ersticht, nach Aufstachelung durch Mephisto. Die beiden Männer machen sich aus dem Staub, während Gretchen von einem bösen Geist erfährt, dass sie ein Kind erwartet. Kurz darauf erfährt Faust, dass Gretchen hingerichtet werden soll und kehrt zurück. In der Zwischenzeit hat die verzweifelte Gretchen ihr Kind ertränkt und ist nun dem Tode geweiht. Da sich Mephisto an der ganzen Misere keiner Schuld bewusst ist, muss Faust Gretchen alleine befreien. Da sie jedoch mittlerweile das Vertrauen in Faust verloren hat, weigert sie sich ihn zu begleiten. Sie sieht ihren letzten Ausweg darin, sich an Gott zu wenden. Dieser erlöst sie tatsächlich von ihren Sünden, währen Mephisto und Faust fliehen. In Faust II hat Goethe sein Werk erweitert. Veröffentlicht wurde dieser zweite Teil, der als eine Parabel der Menschheit verstanden werden kann, 1832 kurz nach dem Tod Goethes.

Wer schrieb „Die unendliche Geschichte"?

Das Buch „Die unendliche Geschichte“ wurde 1979 veröffentlicht. Der Autor dieses Werkes ist Michael Ende, der bis 1995 gelebt hat. Aus seiner Feder stammen unter anderem auch Werke wie „Jim Knopf und Lukas der Lokomotivführer“ oder „Momo“. In „Die unendliche Geschichte“ geht es um einen menschlichen Jungen, der einen Roman über die Fantasiewelt „Phantásien“ liest. Mit der Zeit wird dieser Roman mehr und mehr zur Realität. In Phantásien selbst besteht das Problem, dass immer mehr Teile dieser Welt abhanden kommen, ohne dass die konkrete Ursache bekannt ist. Während sich der Menschenjunge nahezu in dieser Welt verliert, ist ein Junge aus Phantasién auf der Suche nach der Ursache. Die beiden lernen sich kennen und werden zu Freunden. Letztendlich hilft der Phantásier dem Menschjungen, wieder nach Hause zu kommen.

Von wem stammt „Der Schimmelreiter"?

Die Novelle „Der Schimmelreiter“ stammt von Theodor Storm. Er verfasste dieses Werk von 1886 bis 1888. Obwohl er sich mit der Sage, auf dem dieses Werk basierte, über Jahre hinweg beschäftigt hatte, beendete er seine Novelle erst einige Monate bevor er starb. Es zählt zu der Literaturepoche des Realismus, zu der auch Theodor Fontane als Vertreter zählt.

In welchem Werk findet man den Apfelschuss?

Tatsächlich ist das Motiv des Apfelschusses ein häufig vorkommendes Motiv in den verschiedensten Werken. Der Ablauf dieses Schusses ist meist identisch. Es handelt sich immer um einen Vater, der seinem Sohn einen Apfel, der sich auf dessen Kopf befindet, mit Pfeil und Bogen hinunterschießen muss. Im Falle dessen, dass es nicht gelingt, gibt es immer noch einen Ersatzpfeil, mit dem der Gegner getötet werden kann. Jedoch ist dieser in keiner bekannten Geschichte zum Einsatz gekommen. Eine der bekanntesten Geschichten, die dieses Motiv beinhalten, ist wohl das Bühnenwerk Wilhelm Tell von Friedrich Schiller von 1804. Wilhelm Tell ist der Name eines Freiheitskämpfers aus der Schweiz, dessen Geschichte in etwa im Jahr 1307 spielt. Die Geschichte um diesen Charakter tauchte erstmals im 15. Jahrhundert auf und wurde anschließend immer wieder aufgefasst und so auch zu einer Sage entwickelt. Auch anschließend gab es diverse Gelehrte, die sich mit der Geschichte befassten.

Wer schrieb „Frankenstein"?

Der Roman über Frankenstein wurde zu Anfang des Jahres 1818 veröffentlicht. Zunächst wurde das Werk anonym veröffentlicht, jedoch ist die Autorin die Britin Mary Shelley. Tatsächlich gehen wohl die meisten Menschen davon aus, dass die Geschichte von dem Monster Frankenstein handelt. Allerdings ist nicht der Name des Monsters Frankenstein, sondern der Doktor Viktor Frankenstein, der den künstlichen Menschen kreiert. Dieses Werk ist eines der bekanntesten Vertreter aus dem Genre Horror. Zudem wurde es im Jahre 2015 zu einem der bedeutendsten Bücher der britischen Literatur gekürt. Der ganze Name dieses Romans ist übrigens „Frankenstein oder der moderne Prometheus".

Wer ist Don Quijote?

Don Quijote ist eine Romanfigur des Autors Miguel de Cervantes. Ursprünglich ist der Roman in Spanisch verfasst. Somit lautet der Originaltitel „El ingenioso hidalgo Don Quixote de la Mancha", zu deutsch „Der sinnreiche Junker Don Quijote von der Mancha". Mancha ist ein autonomes Gebiet in Spanien. Zu diesem Buch existieren zwei Einzelromane, wobei der erste 1605 und der zweite 1615 unter einem anderen Namen veröffentlicht wurde. Bei dem Charakter Don Quijote selber handelt es sich um einen verarmten Landadligen, dessen Leidenschaft Ritterromane sind. Irgendwann kommt es dazu, dass er selber als Ritter tätig sein möchte und macht sich auf den Weg. Allerdings fällt es ihm schwer, zwischen Realität und Einbildung zu unterscheiden. So kommt es beispielsweise zu dem bekannten Kampf mit riesigen Windmühlen. Alle Abenteuer, bei denen er von seinem Knappen Sancho Panzer begleitet wird, enden in der Regel mit einer Prügelei. In dem zweiten Teil läuft es besser für ihn, da er Bekanntheit durch den ersten Teil erlangt hat. Die beiden Gefährten machen sich wieder auf die Reise und erleben einige Abenteuer. Am Ende kehrt er nach einer Niederlage in einem Kampf in seine Heimat zurück. Kurz nach seiner Rückkehr erliegt er einem Fieber. Während dieses Fiebers wird ihm bewusst, dass er Realität und Einbildung durcheinander bekommen hat. Der Abschluss des zweiten Teils endet mit dem Tod Don Quijotes.

Welche Eigenschaft sagt man Fabeln nach?

Fabeln sind kurze Geschichten, in denen meist zwei Tiere auftreten, zwischen denen Handlungen stattfinden. Vor allem im Laufe der Grundschule finden Fabeln häufig Anwendung. Allerdings sind sie aufgrund ihres Lehrwerts für jedes Alter geeignet. Denn die Tiere sind keine Tiere im eigentlichen Sinne, sondern sollen Menschen darstellen. Darüber hinaus werden in Fabeln keine banalen Themen thematisiert, sondern negative Charakterzüge des menschlichen Wesens, wie Neid oder Eifersucht. Das Wichtigste bei einer Fabel ist jedoch das Ende, aus dem immer eine Moral hervorgeht, die diese Fabel verdeutlichen sollte. Die normale Fabel ist immer nach dem gleichen Schema aufgebaut. Zuerst gibt es das Thema der Fabel, das in der Überschrift deutlich gemacht wird. Daraufhin folgt ein Gespräch der beiden agierenden Tiere, bestehen aus einer Rede und Gegenrede, bevor dann an letzter Stelle die Lösung des vorangegangen Streitgespräches folgt, das die Moral der Fabel aufzeigt. Man nutzte Fabeln, um die Wahrheit zum Ausdruck zu bringen, ohne sie selbst gesagt zu haben.

Welches ist das älteste Märchen?

Märchen sind beliebte Geschichten, die man seinen Kindern nur allzu gerne vorliest. Wie brutal und grausam die meisten von ihnen eigentlich sind, wird einem erst im Erwachsenenalter klar. Man geht heutzutage davon aus, dass das älteste Märchen das Märchen über das Waisenkind Aschenputtel ist, das alleine mit ihrer Stiefmutter und den beiden Stiefschwestern lebt und wie eine niedere Magd behandelt wird. Von dieser Geschichte gibt es nicht nur eine einzige Variante, sondern etwa 400 verschiedene. So lassen sich bereits im alten Ägypten oder Rom Zeichen dafür finden, dass diese Geschichte schon damals erzählt wurde. Als die Gebrüder Grimm 1812 den ersten Märchenband herausbrachten, hatten sie nicht die Absicht, dadurch einen Bestseller zu landen, sondern sie wollten auf die ursprüngliche Herkunft dieser Geschichten aufmerksam machen. Somit sollen einige Geschichten noch von den Indogermanen stammen und mindestens 6000 Jahre alt sein.

Kapitel 12: Kreativität, die niemals ihre Faszination verliert

Auch der Bereich der Kunst sollte nicht außer Acht gelassen werden. Kunst kann vielfältig ausgedrückt werden und löst verschiedene Emotionen aus. Aber Kunst ist nicht nur das Auslösen verschiedener Empfindungen, sondern auch der Ausdruck dieser. Denn letztendlich sagt die Kunst, die man kreiert viel über den Künstler aus. In diesem Kapitel soll es um einige wichtige Aspekte der bildenden Kunst gehen.

Wie ermittelt sich der Wert eines Gemäldes?

Alte Gemälde, die ganz gewöhnlich erscheinen, erzielen hohe Werte und versetzen alle Welt in Aufruhr. Denn auch durchaus einfache Werke können einen hohen Wert haben. Dieser setzt sich aus vier Faktoren zusammen. Zunächst ist der Schöpfer des Werkes wichtig. Denn wie auch heute noch hängt viel von der Marke ab, die dahintersteckt. Bei Gemälden ist es dementsprechend der Schöpfer des Werkes. Anschließend spielen bei der Bestimmung des Wertes die Authentizität, also die möglichst originale Erhaltung des Bildes, und die Qualität des Werkes eine Rolle. Denn je besser diese beiden Faktoren sind, desto höher steigt der Wert. Zu guter Letzt spielt der Zustand eine entscheidende Rolle, denn ein authentisches Werk in schlechtem Zustand hat zwar immer noch einen höheren Wert, aber ist bei weitem nicht so wertvoll, wie es bei einem besseren Zustand der Fall wäre.

Was ist eine Restaurierung?

Der Begriff Restaurierung beschreibt in der bildenden Kunst die Arbeit, die gebraucht wird, um ein Kunstwerk in seinen ursprünglichen Zustand zurückzubilden. Eine Restaurierung wird eigentlich bei jedem Kunstwerk im Laufe der Zeit notwendig, da sich ganz automatisch eine Alterung bemerkbar macht. Welche Fähigkeiten benötigt werden, hängt meist von dem Gegenstand, den Materialien, aus denen der Gegenstand besteht, und der Technik, die verwendet wurde, ab.

Man unterscheidet generell die akademische von der handwerklichen Restaurierung. Restaurierungen können sowohl im privaten Bereich als auch im Museumsalltag in Anspruch genommen werden.

Welches Gemälde ist das teuerste?

Die Ermittlung des teuersten Gemäldes der Welt hat nichts mit dem geschätzten Wert eines Kunstwerkes zu tun, sondern mit dem Verkaufswert, der für ein Gemälde erzielt wurde. Dementsprechend ist der Name des Bildes nicht Mona Lisa. Das teuerste Gemälde der Welt wurde für sage und schreibe 450,3 Millionen US-Dollar verkauft. Dieses Bild wird Vincent van Gogh zugeschrieben und heißt Salvator Mundi. Der aus Russland stammende Verkäufer trat sein Gemälde an den Kronprinzen Saudia-Arabiens ab. Aufgrund dessen, dass keine eindeutige Signatur auf dem Werk zu finden ist, aber man dennoch anhand verschiedener Aspekte auf Van Gogh als Maler schließen kann, schreibt man ihm das Werk lediglich zu. Das Bild wurde mit Ölfarben auf einem Holz aus Walnuss gemalt. Auf dem Bild ist Jesus Christus als Heiland der Welt zu sehen. Dabei ist das Bild aus der frontalen Perspektive gemalt und er hält in seiner linken Hand eine Kugel aus Kristall, während er mit seiner rechten Hand eine segnende Geste zeigt. Dieses Werk zeigt eine große Ähnlichkeit zu dem Werk mit demselben Namen des Künstlers Melozzo da Forli.

Wer malte die „Mona Lisa"?

Die Mona Lisa ist wohl das Kunstwerk, das nahezu jeder kennt. Jeder kennt das Bild der Frau, die seitlich mit einem leichten Schmunzeln auf den Lippen dasitzt, die rechte Hand auf das Handgelenk der linken Hand gelegt. Dieses berühmte Werk, das seit 1797 in dem französischen Museum Louvre ausgestellt wird, stammt von dem italienischen Maler Leonardo da Vinci. Das Gemälde entstand Anfang des 16. Jahrhunderts. Die genaue Identität der Frau, die das Gemälde zeigt, ist bis heute nicht geklärt, sodass über mehrere Frauen als Modell spekuliert wird. Im Französischen lautet der Name des Bildes „La Jaconde", was so viel heißt wie die Heitere, abgeleitet von dem italienischen Namen. Der Name Mona Lisa steht jedoch nicht etwa für einen Doppelnamen, wie man zunächst annehmen könnte. Stattdessen kam der Name durch einen Rechtschreibfehler zustande. Tatsächlich hieß das Bild eigentlich übersetzt Frau Lisa (ital. Madonna, kurz: Monna). Seit Ende des 18. Jahrhunderts befindet sich das Gemälde in dem französischen Museum Louvre, nachdem es sich zuvor einige Jahre in dem Besitz Napoleons befand. Die Bekanntheit dieses Bildes kam durch ein Abhandenkommen zwischen 1911 und 1913 zustande. Der Dieb hatte dabei einfaches Spiel. Er konnte fliehen, nur mit einer Person Kontakt habend. Das Gemälde schmuggelte er in einem Overall. Das Louvre glaubte sein Kunstwerk schon für immer verloren, da meldete sich ein Künstler aus Italien, dem das Werk zum Kauf angeboten wurde. Der Täter wurde geschnappt und rechtfertigte seine Tat damit, dass das Werk rechtmäßig Italien gehören würde. Er behauptete, Napoleon hätte das Werk nach Frankreich gebracht, was jedoch falsch ist, da das Werk bereits im Jahr 1515 durch den damaligen französischen König käuflich erworben wurde. Der Dieb, Vincenzo Peruggia, bekam für seinen Raub eine Strafe von sieben Monat Haft auferlegt. Viele vermuten bei einem so berühmten Bild auch eine entsprechende Größe, doch wie man bereits anhand des Diebstahls vermuten kann, hat das Gemälde eine eher überschaubare Größe von gerade einmal 77 cm x 53 cm.

Wie alt ist das älteste Kunstwerk?

Das älteste Kunstwerk der Welt, das im letzten Jahr entdeckt wurde, ist ein Höhlenbild und befindet sich in Indonesien. Es zeigt jagende Wesen, Menschen mit Merkmalen von Vögeln und Reptilien. Das Alter wird auf etwa 43.900 Jahre geschätzt. Die Wesen jagen mit Speeren und Seilen Schweine und Rinder. Das Kunstwerk wurde in einer Kalksteinhöhle in über vier Metern Höhe auf der Insel Sulawesi von Forschern entdeckt.

Wer ist Edvard Munch?

Der norwegische Maler Edvard Munch, der von 1863 bis 1944 lebte, ist vor allem für sein Werk „Der Schrei“ bekannt. Tatsächlich gibt es nicht nur ein einziges Kunstwerk dieses Namens, sondern Munch kreierte ganze vier Werke, darunter eine Lithografie mit diesem Namen, die sich alle recht ähnlich sehen. Seine berühmteste Kreation von „Der Schrei“ ist die von 1893. Das Gemälde zeigt ein menschliches Wesen, das frontal gezeigt wird und mit den Händen am Gesicht und weit aufgerissenen Augen und Mund auf einem Fjord steht. Man sieht, dass der abstrakte Mensch auf einem Steg steht. Im Hintergrund sieht man zwei weitere Personen. Der Himmel ist in verschiedenen Rottönen gehalten. Mithilfe seines Werkes verarbeitete Munch eine Angstattacke, die ihn ereilte, als er während eines Spaziergangs einen Schrei vernahm, der durch die Natur hallte.

Von wem stammt das „Das letzte Abendmahl"?

Das bekannte Gemälde „Das letzte Abendmahl“, auf dem Jesus mit seinen zwölf Jüngern bei seinem letzten Abendmahl zu sehen ist, stammt von Leonardo da Vinci. Da Vinci stellte dieses Werk von 1494 bis 1498 her. Es gilt als ein Meilenstein der Renaissance, das durch seine Tiefe großen Einfluss nahm. Auf dem Gemälde sieht man an einem langen Tisch sitzend neben Jesus Christus in der Mitte seine zwölf Apostel. Das Bild befindet sich aktuell in dem Speisesaal des Dominikanerklosters der Kirche Santa Maria delle Grazie in Italien.

Welcher Epoche ordnet man Picasso zu?

Der spanische Maler Pablo Picasso lebte von 1881 bis 1973. Er war vielfältig künstlerisch tätig und kommt vermutlich auf etwa 50.000 Werke, die er hinterlassen hat. In vielen Haushalten findet man Nachdrucke seiner Werke. In dem Schaffen seiner Kunst war Picasso sehr vielfältig, sodass man ihn nicht ausschließlich einer Stilrichtung zuordnen kann. So hat er Kunstwerke geschaffen, die dem Post-Impressionismus oder seiner Blau-Rosa Periode zugeordnet werden. Darauf folgte die Begründung des Kubismus. Bei dieser Stilrichtung werden die gezeigten Motive in geometrischen Formen zusammengesetzt. Dadurch entsteht auch die Möglichkeit einer Mehrsichtigkeit – es kann also jeder Betrachter etwas anderes erkennen. Dieser Kunstrichtung drehte er ab 1919 jedoch den Rücken zu und griff auf den Klassizismus oder Surrealismus zurück. Sein bekanntestes Gemälde ist das 1907 fertiggestellte Bild mit dem Namen „Les Demoiselles d'Avignon". Heutzutage kann man es im MOMA in New York begutachten. Dieses Bild gilt als Überleitung zum Kubismus.

Was ist die Donauschule?

Spricht man von der Donauschule, meint man damit keine Schule im eigentlichen Sinne. Stattdessen ist damit ein bestimmter Kreis von Künstlern gemeint, die entlang der Donau tätig waren. Jedoch standen diese Künstler nicht in einer Lehrer-Schüler-Beziehung. Die Künstler waren Anfang des 16. Jahrhunderts tätig und lebten in Bayern und dem nördlichen Teil Österreichs an der Donau. Der Donaustil wird oft zwischen der Spätgotik und Renaissance gesehen und soll diese beiden Richtungen miteinander verbunden haben. Der Begriff dieses Stils kam erstmals Ende des 19. Jahrhunderts auf, da Unterschiede zwischen den Malereien der genannten Donauregion und anderen Künstlern Deutschlands erkennbar waren. Dabei sind die beiden Hauptvertreter dieser Stilrichtung Albrecht Altdorfer und Wolf Huber. Bei diesem Stil wurde vor allem der Natur ein besonderer Stellenwert beigemessen. Die Natur wurde nicht als Zusatz, sondern als wichtiges, eigenständiges Merkmal eines Bildes gesehen. So sah man die Natur auch als eine Symbolik, die das Thema des jeweiligen Bildes unterstreichen sollte.

Was zeichnete Bilder der Renaissance aus?

Nach der Kunstrichtung der Gotik folgte die Renaissance. Der Name dieser Epoche kommt daher, dass Stile der Antike aufgegriffen und wiedergeboren wurden und somit eine Weiterentwicklung stattfand. Von der Frührenaissance bis zur Spätrenaissance ging diese Epoche von 1400 bis 1600. Darauf folgte die Zeit des Barocks. Oftmals waren auf den Bildern Portraits verschiedener Menschen zu finden. Darüber hinaus betrachtete man die Natur als idealen Zustand der Freiheit. In den Bildern wurden sowohl weltliche als auch geistliche Themen behandelt. Die Portraits hatten die Zielsetzung, das Motiv möglichst genau und der Wirklichkeit entsprechend abzubilden. Diese Kunstepoche fand ihren Höhepunkt Anfang des 16. Jahrhunderts. Bekannte Künstler der Renaissance sind Leonardo da Vinci, Michelangelo oder Melozzo da Forli.

Welches ist das bekannteste Museum?

Das bekannteste Museum der Welt, dessen Name jeder irgendwo schon einmal gehört hat, ist das Louvre in Paris. Selbst wenn einem der Name nichts sagt, wird man das pyramidenähnliche Gebäude schon einmal gesehen haben. Doch neben seiner Form wird vor allem die darin enthaltene Mona Lisa der Grund für die Bekanntheit sein. Zudem wurde die Aufmerksamkeit durch den Film „Der Da Vinci Code“ auf das Louvre gelenkt. Bevor das Louvre zum Museum wurde, war es das Wohngebäude der Könige, zuletzt Ludwig XIV, dem das Gebäude jedoch zu wenig Platz bot, sodass er in den Sonnenpalast nach Versailles umzog. Über 100 Jahren später, im Jahr 1793 öffnete das Louvre als Museum. Damals sah das Museum jedoch noch nicht so aus wie heute. Die Glaspyramide, durch die man in das Museum gelangt, wurde erst zwischen 1985 und 1989 ergänzend gebaut. Tatsächlich gibt es jedoch fünf Pyramiden, da auf dem Cour Napoléon neben der großen Pyramide in der Mitte noch rundherum vier weitere Pyramiden sind, die Licht in das Gebäude bringen sollen. Tatsächlich darf man den Eingang des Museums in Form der Pyramide nicht einfach so fotografieren und veröffentlichen, da diese dem Urheberrecht unterliegt. Die Pyramide soll etwa 180 Tonnen wiegen und aus insgesamt 603 rautenförmigen und 70 dreieckigen Elementen aus Glas zusammengesetzt worden sein. Es herrschte längere Zeit der Irrglaube, dass es insgesamt 666 Elemente seien und somit der Teufel seine Hände im Spiel hatte.

Kapitel 13: Beschwingende Töne, die ihres Gleichen suchen

In diesem Kapitel geht es um die Musik. Musik kann einem das Leben versüßen und mit der Vielfalt, die immer weiter zunimmt, wird einem nie langweilig. Somit soll es hier um Klassiker gehen, aber auch neuere Phänomene der Musik.

Von wem stammt „Der fliegende Holländer"?

Die Oper „Der fliegende Holländer" stammt von Richard Wagner und hatte seine Uraufführung Anfang 1843. Die Handlung der Oper besteht darin, dass ein holländischer Seefahrer den Kap der guten Hoffnung umrunden wollte. Bei seinem Unterfangen hat er jedoch die Naturgewalten verflucht und wurde seitdem verdammt, für immer als Geist auf seinem Geisterschiff zu bleiben. Alle sieben Jahre taucht sein Schiff mit ihm und seiner Besetzung auf und er hat die Aufgabe, währenddessen eine Frau zu finden, die ihm die Treue hält, um erlöst zu werden. Bei einem dieser Auftauchen trifft er auf einen Seemann und sein Schiff. Dabei erfährt der fliegende Holländer, dass dieser Seemann eine Tochter hat und bittet ihn um die Hand seiner Tochter. Als die beiden zurückkehren, lernen sie sich kennen und die Tochter, Senta, die bereits vorher von dem Schicksal des fliegenden Holländers wusste und berührt war, erklärt sich trotz bestehender Verlobung dazu bereit, dem fliegenden Holländer treu zu bleiben. In einer Auseinandersetzung zwischen ihrem Verlobten Erik und ihr, in der er sie erinnert, ihm ewige Treue geschworen zu haben, was sie jedoch verneint, kommt es dazu, dass der fliegende Holländer davon mitbekommt und sich ebenfalls nicht sicher in Bezug auf die Treue Sentas ist. Daraufhin eröffnet er sein Geheimnis, das Senta jedoch bereits bekannt war und legt mit seinem Schiff ab. Senta folgt ihm und springt von einer Klippe, um ihm nachkommen zu können. Dadurch ist der Fluch gelöst und das Schiff verschwindet. Im Jahre 1860 wurde das Ende noch etwas angepasst, sodass von da an die beiden dem Himmel emporflogen.

Wer schrieb den Hochzeitsmarsch?

Der klassische Hochzeitsmarsch ist von Felix Mendelssohn Bartholdy und hieß ursprünglich „Ein Sommernachtstraum“. Dieser Name war allerdings nicht willkürlich gewählt, sondern hing mit dem gleichnamigen Werk Shakespeares zusammen. Das Lied wurde für die Hochzeitsszene des Stücks geschrieben, in der drei Paare heiraten. Mendelsohn komponierte dieses Lied mit gerade einmal 17 Jahren und verhalf Shakespeares Stück durch dieses Lied zu mehr Ruhm. Darüber hinaus gibt es noch ein weiteres Stück, das gerne an Hochzeiten gespielt wird. Dieses Stück heißt „Treulich geführt“ oder auch „Brautlied“ und stammt von Richard Wagner. Wagner schrieb dieses Stück für seine Oper „Lohengrin“.

Wer schrieb die Nationalhymne?

Die Melodie der Nationalhymne stammt von dem Komponisten Joseph Haydn, der diese bereits 1796 bis 1797 komponierte und es „Kaisermarsch“ nannte. Die Nationalhymne wurde 1922 von dem damaligen Reichspräsidenten Friedrich Ebert eingeführt. Der Text der Hymne stammt von August Heinrich Hoffmann von Fallersleben, der diesen bereits 1841 schrieb und das Ganze „Lied der Deutschen“ oder „Deutschlandlied“ nannte. Nach dem Ende des zweiten Weltkrieges gab es bis zu dem Jahr 1991 aus verschiedenen Gründen keine einheitliche Nationalhymne mehr. Im Jahre 1991 legten der damalige Bundespräsident Weizsäcker und Bundeskanzler Kohl fest, dass die dritte Strophe des „Deutschlandliedes“ die Nationalhymne sein soll.

Wie viele Tasten hat ein Klavier?

Die vollständige Tastenanzahl eines Klaviers beträgt immer 88 Tasten. Allerdings ist diese meist nur bei Flügeln zu finden, da sonst nicht genug Platz vorhanden ist. Wie sicherlich die meisten wissen, ist der größere Teil der Tasten weiß, nämlich 52 Stück. Die restlichen 36 Tasten sind schwarz. Die Tasten sind nicht willkürlich angelegt, sondern folgen einem festen Muster. Es gehören immer sieben Tasten zusammen und bilden eine Oktave. Jede Oktave beginnt mit dem Ton „C". Anschließend folgen die Töne „D", „E", „F", „G", „A" und „H" auf den weißen Tasten. Auf das „H" folgt dann wieder ein „C" und die neue Oktave beginnt. Geht man auf der Tatstatur nach links, werden die Töne immer tiefer, geht man nach rechts, immer höher. Zwischen den weißen Tasten befinden sich dann mehrere schwarze Tasten. Diese sind so angelegt, dass sich die erste schwarze Taste zwischen „C" und „D" befindet, die zweite findet man dann zwischen „D" und „E". Die dritte schwarze Taste überspringt danach eine Mitte zweier weißen Tasten und befindet sich zwischen „F" und „G". Auch zwischen dem Ende einer Oktave bei „H" und dem Beginn der nächsten Oktave befindet sich keine schwarze Taste. Somit teilen sich die schwarzen Tasten in zwei und drei auf. Daran kann man als Laie auch ausmachen, wo sich das „C" befindet – man schaut einfach, wo sich die zwei schwarzen Tasten befinden und wählt dann die weiße Taste aus, die links davon ist und schon hat man das „C" gefunden. Die schwarzen Tasten sind Halbtöne, die dafür sorgen, dass ein Stück fließendere Übergänge bekommt und gleichzeitig abwechslungsreicher gestaltet werden kann. Wird ein Ton auf seinen Halbton erhöht, setzt man ein -is daran, wird er durch ein b erniedrigt, dann setzt man ein -es, wenn man den Ton benennen möchte. So bekommt man bei einer Erhöhung des Tones „G" ein „Gis", das mit der schwarzen Taste rechts von dem „G" gespielt werden kann, und bei der Vertiefung ein „Ges", für dessen Spielen man den Halbton links wählen muss.

Was ist das meistverkaufteste Album?

Ein Album zu erstellen ist das Ziel vieler Musiker. Dem voraus geht ein längerer Zeitraum, in dem an den verschiedenen Songs des Albums gearbeitet wird. Das erfolgreichste Album der Welt hat sich ganze 66 Millionen Mal verkauft. Dabei handelt es sich um das 1982 erschienene Album Michael Jacksons „Thriller". An zweiter Stelle folgt das Album „Back in Black" von AC/DC, das sie 1980 veröffentlicht haben, mit 50 Millionen Verkäufen. Mit 45 Millionen verkauften Alben folgt „The Dark Side of the Moon" von Pink Floyd. Sie veröffentlichten dieses Album 1973. Wer die jeweiligen Interpreten kennt, weiß, dass alle in unterschiedlichen Genres erfolgreich sind/waren.

Was unterscheidet Holzblas- von Blechblasinstrumenten?

Instrumente werden in verschiedenen Gruppen, hier die Aerophone, zusammengefasst. Und auch innerhalb dieser Gruppen gibt es unterschiedliche Klassifizierungen. Vom ersten Eindruck denkt man an eine Unterscheidung anhand der verwendeten Materialien, allerdings unterscheiden sich diese beiden Klassen durch die Erzeugung des Tones. Wenn man ein Blechblasinstrument spielt, wird die Luftsäule im Hohlkörper durch den Atem, der durch das Mundstück hineingelangt, in Schwingungen versetzt. Anschließend wird die Luft entweder durch einen Blasebalg oder durch eine Spielmechanik bewegt und so wird dafür gesorgt, dass Klänge entstehen. Zu dieser Instrumentenklasse gehören beispielsweise die Trompete und die Posaune. Bei den Holzblasinstrumenten werden die Klänge durch Luft- oder Rohrblätter erzeugt, die für die Schwingungen zuständig sind. Zu den Holzblasinstrumenten gehören zum Beispiel die Flöte oder das Saxophon.

Wer waren die Beatles?

Die Beatles gelten für viele als Vorreiter der Boybands. Die Band bestand aus den vier Mitgliedern John Lennon, Paul McCartney, Ringo Starr und George Harrison. Sie waren bereits in den 1950er Jahren eine Band, veröffentlichten ihren ersten Song jedoch erst 1962. Allerdings kam erst ein Jahr später der Durchbruch. Ihr Musikstil war zu dem Zeitpunkt neu, denn es handelte sich um eine Mischung aus Rock'n'Roll und der Beatmusik Liverpools. Neben ihrem neuen Stil tat ihr Auftreten sein Übriges, um sie weltbekannt zu machen. Nach vielen Jahren des Ruhms trennte sich die Band 1970, da zu große interne Spannungen herrschten. In diesem Zusammenhang wird auch gerne die damalige Partnerin John Lennons, Yoko Ono, genannt.

Wer hat bisher die meisten Grammys gewonnen?

Die Grammys gelten als der wichtigste internationale Musikpreis. Sie werden seit 1959 jährlich vergeben. Die Verleihung dieser Auszeichnung beschränkt sich jedoch nicht nur auf Sänger, sondern auf weitere Tätigkeiten, wie das Dirigieren, die mit Musik in Zusammenhang stehen. Die Preise ähneln einem Grammophon. Wie bei dem Oscar in der Filmbranche wird auch die Verleihung der Grammys durch eine Jury entschieden. Der bereits verstorbene Dirigent Georg Solti hat mit 31 Grammys bis heute die meisten Grammys gewonnen. Auf dem zweiten Platz folgt Quincy Jones mit 28 Grammys. Der Musikproduzent produzierte unter anderem für Frank Sinatra oder auch „Thriller“ von Michael Jackson. Auf dem dritten Platz kommt die erste Frau mit 27 Grammys. Dabei handelt es sich um eine Musikerin, die auch als Produzentin tätig ist, Alison Krauss. Auf dem achten Platz folgt dann die nächste Frau mit 24 Grammys. Dabei handelt es sich um Beyoncé.

Welches Musical ist das erfolgreichste?

Musicals sind eine Mischung aus Schauspiel und Gesang, bei dem mit stimmungsvollen Stücken das Geschehen unterstrichen wird. Dabei ist „Der König der Löwen“ als Musical am erfolgreichsten mit bisher 6,2 Milliarden US-Dollar Umsatz. Erstmalig wurde das Musical in Minneapolis 1997 aufgeführt. Mittlerweile wird es an verschiedenen Orten der Welt, beispielsweise in Hamburg, New York oder Tokio, gleichzeitig aufgeführt. An zweiter Stelle folgt „Das Phantom der Oper“ von Andrew Lloyd Webber.

Wie setzt sich ein Orchester zusammen?

Bei einem Orchester kommen die verschiedensten Instrumente zusammen, sind in einem Halbkreis dem Publikum zugewandt um den Dirigenten platziert. Dieser leitet das Spiel mithilfe seines Taktstocks. Dabei gibt es meist nicht nur ein Instrument einer Sorte, sondern jedes Instrument ist mehrfach vertreten. Man unterscheidet das Sinfonie- von dem Kammerorchester. Daneben gibt es noch Orchester, die sich nur aus einer bestimmten Instrumentengattung zusammensetzen. Im Schnitt sind in einem Kammerorchester etwa zehn bis 20 Musiker und in einem Symphonieorchester 50 bis 100. Allerdings kann diese Zahl je nach Orchester auch höher ausfallen. Die Instrumentengruppen, die in einem Orchester vertreten sind, sind Streicher, Holzbläser, Blechbläser und das Schlagzeug. Die Anordnung der Instrumente kann beispielsweise nach der amerikanischen und deutschen Anordnung unterschieden werden. Das ist meistens von dem Klang abhängig, der erreicht werden soll.

Wie viele Saiten hat eine Gitarre?

Die Gitarre zählt zu den Saiteninstrumenten, wobei die Töne durch Zupfen der Seiten erzeugt werden. Man unterscheidet generell zwischen den Akustik- und Elektronikgitarren, deren Sound sich stark unterscheidet. Eine herkömmliche Gitarre besteht dabei aus sechs, sich von der Dicke unterscheidenden, Saiten. Diese sind meist in der Standardstimmung eingestellt. Diese besteht aus den Tönen e, a, d g, h und e´.

Wer hat das „Live Aid" Konzert initiiert?

Bei dem Konzert „Live Aid" handelte es sich um ein Konzert, das der Wohltätigkeit diente. Konkret sollte der Hungersnot in Äthiopien in Afrika geholfen werden. Die Initiatoren dieses Konzertes waren dabei die Musiker Bob Geldof und Midge Ure. Es fand am 13.7.1985 in Philadelphia und London gleichzeitig statt und war zu dem damaligen Zeitpunkt das größte Rockkonzert der Welt. Die Liste der teilnehmenden Musiker ist dabei sehr beeindruckend. So spielten auf beiden Bühnen insgesamt 16 Stunden unter anderem Madonna, Eric Clapton, Phil Collins, Elton John, Queen, die Simple Minds, Tina Turner, U2 und noch einige weitere. Zudem bekam das Konzert sehr viel Aufmerksamkeit durch Auftritte verschiedener Bands, die entweder wieder zusammenkamen oder in anderer Formatierung spielten. An diesem Konzert nahmen damals im John F. Kennedy Stadion etwa 100.000 Menschen teil. Im Wembley Stadion in London waren es 72.000 Menschen. Es kamen 200 Millionen D-Mark zusammen. Nach dem Erfolg folgten zwei weitere Konzerte in den Jahren 1989 und 2004.

Kapitel 14: Glauben oder nicht glauben?

Nun geht es um das Thema Religion. Religion ist oft ein umstrittenes Thema, das man lieber vermeidet. Allerdings ist Religion dem einen oder anderen unter Umständen ein Dorn im Auge, jedoch auch unfassbar vielfältig und interessant. Dementsprechend beschäftigen wir uns in diesem Kapitel mit einigen Aspekten der Religion. Dabei liegt der Fokus auf dem Christentum, da der Großteil hier christlich geprägt ist. Allerdings werden auch die anderen Weltreligionen an der einen oder anderen Stelle aufgefasst.

Wie heißen die fünf Weltreligionen?

Wenn von den Weltreligionen gesprochen wird, meint man damit die Religionen Buddhismus, Hinduismus, Islam, Judentum und das Christentum. Das Christentum ist dabei die Religion mit den meisten Anhängern, nämlich 2,26 Milliarden. An zweiter Stelle folgt der Islam mit 1,8 Milliarden Anhängern. Darauf folgt der Hinduismus mit 900 Millionen Anhängern. Die viertgrößte Weltreligion ist der Buddhismus mit etwa 230 bis 500 Millionen Anhängern. Die genaue Zahl unterscheidet sich je nachdem, wie gezählt wird. An fünfter Stelle kommt das Judentum mit 14 Millionen Anhängern.

Was unterscheidet das Neue vom Alten Testament?

Die Bibel, die heilige Schrift der Christen und Juden, teilt sich grob in das Neue und das Alte Testament auf. Außerdem werden einzelne Kapitel und innerhalb der Kapitel Geschichten unterschieden. Vorab unterscheiden sich die beiden Testamente in ihrer ursprünglich verfassten Sprache. So wurde das Alte Testament in Hebräisch verfasst und das Neue Testament in Altgriechisch. Darüber hinaus besteht der wesentliche Unterschied der Testamente darin, dass das Alte Testament hauptsächlich von der Beziehung des Volkes der Juden zu Gott handelt. Im Gegensatz dazu handelt das Neue Testament von Jesus, seinem Schaffen und seiner Beziehung zu seinen Mitmenschen.

In wie viele Sprachen wurde die Bibel übersetzt?

Die Bibel wurde im Laufe der Zeit unzählige Male übersetzt. Außerdem gibt es auch innerhalb einer Sprache die unterschiedlichsten Übersetzungen, wodurch die verschiedenen Fassungen entstanden sind. Die Bibel wurde nicht in jede Sprache komplett übersetzt, es gibt durchaus auch viele Teilübersetzungen der Bibel, bei denen zum Beispiel nur ein Testament übersetzt wurde. Insgesamt wurde die Bibel in 3395 Sprachen übersetzt. Vollständig wurde die Bibel dabei in 694 verschiedene Sprachen übersetzt. Zudem wurde das Neue Testament in 1542 Sprachen und Teile der Bibel in 1159 Sprachen übersetzt. Man kann also davon ausgehen, dass rund 5,7 Milliarden Menschen Zugang zu der vollständigen Fassung der Bibel in ihrer Muttersprache haben, das entspricht einem Schätzwert von 79 % aller Menschen. Allerdings wird permanent an weiteren Übersetzungen gearbeitet, sodass Stück für Stück die Verfügbarkeit dieser Schrift erweitert wird.

Was sind die höchsten Feiertage der fünf Weltreligionen?

Die meisten Feiertage, an denen die Menschen überwiegend nicht arbeiten müssen, haben ihren Ursprung in den verschiedenen Religionen. Doch wie heißen die höchsten Feiertage der fünf Weltreligionen eigentlich? Bei dem Christentum, hier bei den Protestanten, heißt der höchste Feiertag Karfreitag. Karfreitag ist der Tag, an dem Jesus ans Kreuz genagelt wurde und starb. Bei den Katholiken hingegen ist der höchste Feiertag Ostersonntag. Somit ist das der Tag, an dem Jesus wieder auferstanden und in den Himmel aufgefahren ist. Wann Karfreitag und Ostersonntag in einem Jahr stattfinden, ist von dem kirchlichen Vollmondkalender abhängig.

Im Islam ist der höchste Feiertag das Opferfest, auch ʿĪd al-Adhā genannt. Dieses Fest findet meist jedes Jahr in unterschiedlichen Jahreszeiten statt. Das hängt mit dem islamischen Mondkalender zusammen und der daraus entstehenden Verschiebung. Das Opferfest findet zu Ehren des Propheten Ibrahims statt. Dieser wollte, laut islamischer

Überlieferung Allahs, seinen Sohn Ismael opfern. Bevor es jedoch dazu kam, lenkte Allah ein, aufgrund des Gottvertrauens Ibrahims. Daraufhin opferten Vater und Sohn Allah aus Dank einen Widder. Die beschriebene Geschichte befindet sich im Koran Sure 37,99–113. Bei diesem Fest wird ein Tier geopfert, das dann gemeinsam verspeist wird. Dabei wird auch an Bedürftige gedacht. Außerdem wird gebetet. Dafür wird entweder eine Moschee oder ein öffentlicher Platz genutzt. Zu guter Letzt werden sowohl die lebenden, als auch die verstorbenen Verwandten besucht.

Bei den Hindus ist der höchste Feiertag Shivaratri, zumindest bei den Anhängern des Gottes Shiva. Er findet Ende Februar oder Anfang März statt. Im Laufe dieser Nacht kommt Shiva und nimmt den Gläubigen ihre Sünden ab. Während dieses Festes wird gebetet, gefastet und die Nacht dieses Festes zelebriert. Um zu beten, begeben sie sich entweder auf eine Pilgerreise oder beten in einem Tempel. Wenn es gar nicht anders geht, kann man auch in den eigenen vier Wänden beten. Außerdem wird die Linga, ein Symbol des Shivas, das nicht bildhaft ist, mit verschiedenen Flüssigkeiten begossen. Für dieses Ritual werden Wasser, Honig, Butter oder Joghurt verwendet. Danach werden darauf Blätter verteilt. Diese stammen von einem heiligen Baum namens Bel.

Im Buddhismus lautet der Name des höchsten Feiertages Visakha Puja und findet Ende Mai oder Anfang Juni statt. Man nennt diesen Feiertag auch „Buddha-Tag“, denn das ganze Fest dreht sich um Buddha und seine Geburt, wie er erleuchtet wurde und ins Nirwana ging. Dadurch ist der Begründer des Buddhismus Siddhartha Gautama aus dem Kreislauf der Wiedergeburt ausgetreten.

Der höchste Feiertag im Judentum heißt Jom Kippur und wird auch Versöhnungsfest genannt. Dieses Fest findet im September oder Oktober statt. An diesem Tag soll strikt geruht und gefastet werden. Der zugehörige Text dazu steht im 3. Buch Mose. Auch weitere Stellen der Bibel nehmen Bezug auf diesen Feiertag. An Jom Kippur wird 25 Stunden weder gegessen noch flüssige Nahrung getrunken. Dies gilt für alle weiblichen Jüdinnen ab 12, und männlichen Juden ab 13 Jahren. Sollte der Fasttag auf einen Sonntag, auch Sabbat, fallen, ist Jom Kippur der einzige Tag an dem gefastet wird, der dennoch stattfindet.

Was ist der Koran?

In dem Koran befinden sich die Heiligen Schriften der Muslime. Für Muslime ist der Koran die Botschaft Allahs. Die ursprüngliche Fassung des Korans ist in Arabisch geschrieben worden. Der Koran setzt sich aus insgesamt 114 Kapiteln, sogenannten Suren, zusammen. Innerhalb dieser Kapitel gibt es verschiedene Verse, die Aya genannt werden. Die einzelnen Kapitel werden meist nicht einfach vorgelesen, sondern melodisch vorgetragen. So klingt es wie Musik. Allerdings folgt das melodische Vortragen der Suren bestimmten Regeln und Betonungen.

Was unterscheidet die Konfirmation von der Kommunion?

Viele Menschen bekommen diese beiden Begriffe oftmals durcheinander. Allerdings ist die Unterscheidung an sich nicht so schwer. Die Kommunion findet in der katholischen Kirche und die Konfirmation in der evangelischen Kirche statt. Bei der Kommunion sind die jungen Katholiken meist ungefähr sieben Jahre alt. Außerdem müssen sie zuvor getauft sein und einen spielerischen Unterricht absolviert haben, bei dem ihnen der Glauben näher gebracht wird.

Die Konfirmation ist der Zeitpunkt, an dem jugendliche Protestanten in den Kreis der Erwachsenen aufgenommen werden. In der Regel geht dem der Besuch eines Konfirmandenunterrichts voraus, in dem einige wichtige Aspekte des evangelischen Glaubens behandelt werden. Das Alter liegt meist bei 13 oder 14 Jahren. Allerdings sind die Jugendlichen erst mit 14 in den Augen der Kirche erwachsen, sind sie zum Zeitpunkt der Konfirmation also jünger, sind sie noch nicht mündig. Der Konfirmation muss die Taufe vorausgegangen sein.

Wer war Martin Luther?

Martin Luther lebte von 1483 bis 1546. Er gilt als der Reformator der christlichen Kirche. Luther begann seine Reformation, nachdem sich die römisch-katholische Kirche immer mehr veränderte und vor allem den Ablasshandel einführte. Dementsprechend wollte er die Kirche wieder zurück zur evangelischen Form reformieren. Im Zuge dessen schrieb er die 95 Thesen nieder und nagelte diese an die Tür der Schlosskirche zu Wittenberg. Luthers Anstoß sorgte dafür, dass die Kirche gespalten wurde. Anschließend wurde auf Luther ein Kopfgeld ausgesetzt, woraufhin er von dem Kurfürsten von Sachsen auf die Wartburg entführt wurde. Auf der Wartburg lebte er als Junker Jörg und begann damit, das Neue Testament zu übersetzen. Diese Übersetzung beendete er 1522. Einige Jahre später, im Jahr 1534, vollendete er dann die vollständige Übersetzung der Bibel.

Was sind Glaubenskriege?

Glaubenskriege oder auch Religionskriege werden Kriege genannt, die aufgrund von Religion stattfinden. Dazu zählen vor allem die Ausbreitungskrisen des Islams, Albigenserkriege des Mittelalters, bei denen der Papst gegen seiner Meinung nach ketzerischen Glaubensgemeinschaften vorging, und Kreuzzüge. Tatsächlich haben die meisten Kriege ihren Ursprung in religiösen Glaubensverschiedenheiten. Jedoch ist der Glaube selten der einzige Grund, der den Krieg auslöst.

Wie lautet das wichtigste Gebet der Christen?

Das wichtigste Gebet des christlichen Glaubens ist das Vaterunser. Dieses Gebet wird in nahezu jedem Gottesdienst gesprochen und wird den meisten Menschen, wenigstens in Auszügen, bekannt sein. Darauf folgt das Glaubensbekenntnis. Das Vaterunser wurde zuerst von Jesus selbst gesprochen und findet sich in der Bibel im Matthäusevangelium in einer längeren Version und im Lukasevangelium in einer Kurzversion. Da Jesus ausschließlich im Neuen Testament behandelt wird, befindet sich auch das Vaterunser in diesem Teil der Bibel.

Wer teilte laut der Bibel das Meer?

Moses sollte das Volk Israel aus Ägypten führen, nachdem der Pharao sie gehen ließ. Auf ihrem Weg zurück in ihre Heimat, verfolgt von den Ägyptern, kamen sie zu einem Meer. Bevor sie jedoch eingeholt werden konnten, half Gott Moses und ließ ihn das Meer teilen. So konnten sie das Meer überwinden. Die Ägypter folgten ihnen weiterhin, doch bevor sie die Israeliten erreichten, ließ Gott das Meer über ihnen zusammenschlagen. In der Bibel steht diese Begebenheit im zweiten Buch Mose, Exodus, geschrieben.

Wo wurde Jesus Christus geboren?

Jesus Christus wurde in der Nacht vom 24. Dezember auf den 25. Dezember im Jahr 0 geboren. Er wurde als Sohn Marias und Josephs in einem Viehstall in Bethlehem geboren. Ob das genaue Datum stimmt, ist unklar, da die Zeitrechnung damals noch nicht so stattfand wie heutzutage und es sich bei den Schriften um Überlieferungen handelt. Diese Überlieferung steht im Lukas Evangelium des Neuen Testaments.

Was waren die Gaben der Heiligen drei Könige?

Nachdem Jesus Christus in der Nacht des 24. Dezembers geboren wurde, erschien Überlieferungen zufolge am Himmel ein Engelschor, der die umstehenden Bauern zu dem Stall seiner Geburt leitete. Auch die Heiligen drei Könige des Morgenlandes machten sich auf den Weg. Sie erreichten den Stall am 6. Januar und übergaben ihm die Gaben, bestehend aus Weihrauch, Myrrhe und Gold. Im 6. Jahrhundert bekamen die drei Könige die Namen Caspar, Melchior und Balthasar zugeordnet. Die Geschichte der drei Könige findet man im Matthäusevangelium.

Kapitel 15: Denkansätze, deren Relevanz nicht vergeht

An dieser Stelle widmen wir uns dem Thema der Philosophie. Philosophie bildet in der Schule meist den Gegensatz zur Religion. Viele philosophische Strömungen sind zunächst schwer zu begreifen und nachzuvollziehen. Oftmals assoziiert man die Philosophie mit langem Reden auf einem anderen Niveau.

Woher kommt der Name Philosophie?

Mit dem Begriff der Philosophie verbinden die meisten Menschen wohl Denker, die sich über die abenteuerlichsten Dinge den Kopf zerbrechen. Dabei liegt der Fokus auf dem Ergründen der Welt und menschlicher Existenz. Darüber hinaus geht es um die anschließende Deutung und das Verständnis dessen. Der Begriff kommt aus dem Altgriechischen und bedeutet so viel wie Liebe zur Weisheit, was die Philosophie sehr zutreffend beschreibt. Die meisten Philosophen treibt das Streben nach der Erkenntnis des Seins an.

Was besagt das „Höhlengleichnis"?

Das Höhlengleichnis stammt von Platon und findet sich in seinem Dialog „Politeía" in dem siebten Buch. Darin werden vor allem Platons Themen der Erkenntnistheorie und Ontologie verdeutlicht. Das Höhlengleichnis beginnt damit, dass gefesselte Gefangene sich in einer Höhle befinden. Sie sind so gefesselt, dass sie nur geradeaus auf eine Wand vor sich blicken können. Dadurch gehen sie davon aus, dass sie alleine in der Höhle eingesperrt sind. Darüber hinaus sind sie schon immer dort gewesen und haben keine Kenntnis, dass sich hinter ihnen ein Ausgang befindet. Hinter ihnen befindet sich recht weit entfernt ein brennendes Feuer. Zwischen dem Feuer und dem Inneren der Höhle befindet sich eine halbhohe Wand, durch die immer wieder Schatten an die Wand vor ihnen geworfen werden. Allerdings sehen die Gefangenen nicht die Menschen, sondern nur die Gegenstände, die sie bei sich tragen. Die vorbeigehenden Menschen schweigen oder wechseln einige Worte. Das Gerede wird von den Wänden der Höhle zurückgeworfen, sodass die Gefangenen das Gefühl vermittelt bekommen, dass die Schatten sprechen können. Die Schatten beginnen nach und nach, ein Eigenleben zu führen und für sie die Wirklichkeit abzubilden. Somit werden die aus Gegenständen bestehenden Schatten für sie zu Lebewesen. Würde man einen Gefangenen nun bitten, die Höhle zu verlassen, würde er geblendet und verängstigt wieder an seinen ursprünglichen Platz zurückkehren. Schließlich sind für ihn die Schatten seine einzige Realität. Würde man die Person zwingen, die Höhle zu verlassen, müsste sie langsam die neue Realität kennenlernen und als solche akzeptieren. Sobald das geschehen ist, würde der Gefangene nicht mehr zurückkehren wollen. Sollte es doch zu einem Zurückkehren in die Höhle kommen, würde er von den anderen verstoßen werden und einen Überzeugungsversuch vermutlich mit seinem Leben bezahlen.

Was ist der Determinismus?

Determinismus ist ein Begriff aus der Philosophie. Damit ist gemeint, dass alles einer gewissen Vorherbestimmtheit unterliegt. Dieser kausale Zusammenhang trifft sowohl auf Geschehnisse als auch auf das Handeln zu. Man sagt somit, dass alle zukünftigen Situationen im Voraus so festgelegt worden sind – also so passieren mussten. Ob der Determinismus als solcher tatsächlich existiert, ist insofern umstritten, als dass andere Annahmen der Philosophie dann umstritten wären. Es gibt auch nicht nur einen einzigen Determinismusbegriff, sondern es werden verschiedene Arten unterschieden. Im Gegensatz zum Determinismus geht der Indeterminismus davon aus, dass es durchaus einen gewissen Anteil gibt, der nicht vorherbestimmt ist.

Wer war Sokrates?

Der griechische Philosoph Sokrates lebte von 469 vor Christus bis 399 vor Christus in Athen. Tatsächlich existieren von Sokrates selber keine Schriften über sein Denken und sein Wirken. Diese wurden durch seine Schüler, wie Platon, verbreitet. Durch diese Überlieferungen kann auch bis heute nicht vollständig festgestellt werden, wie Sokrates Leben und Philosophien aussahen. Dennoch gilt Sokrates als eine der wichtigsten Personen der Philosophie, auf denen Philosophen immer wieder Bezug nehmen. Er wurde durch die Verabreichung von Gift hingerichtet. Seine philosophischen Ansätze sind vor allem die Mäeutik und die Begründung der autonomen Ethik. Unter dem Begriff der Mäeutik versteht man das gezielte Fragen nach Antworten, die dem Gegenüber bisher nicht bewusst, aber dennoch in ihm verborgen waren. So sollen auch Einsichten bei dem Gegenüber auftreten, die ebenfalls vorher nicht vorhanden zu sein schienen. Im Zusammenhang mit der autonomen Ethik beschäftigte er sich auch genauer mit der Ausdrucksweise der Sophisten. Sophisten waren zu Zeiten Sokrates Männer, die den Menschen ins Zentrum der philosophischen Betrachtung rückten und größere Kenntnisse in Bezug auf die Redekunst, aber auch vor allem das Streitgespräch hatten.

Was ist eine Tautologie?

Eine Tautologie beschreibt eine Aussage, die immer wahr bleibt, unabhängig davon, was passieren sollte. Die Tautologie zählt zu dem Bereich der Logik in der Philosophie. Ein Beispiel wäre „es schneit oder es schneit nicht“. Letztendlich wird diese Aussage immer wahr sein, unabhängig von dem konkret vorliegenden Sachverhalt, einfach weil sie aus logischer Betrachtung wahr ist.

Von wem stammt die Aussage „cogito ergo sum"?

Die Aussage „cogito ergo sum“ oder auf deutsch „ich denke, also bin ich“, stammt von dem französischen Philosophen René Descartes. Er zweifelte immer wieder stark daran, seine Fähigkeit erkennen zu können, sodass er diesen Grundsatz als seinen obersten etablierte und in einem seiner Werke 1641 niederschrieb. Er nahm diesen Satz zu seinem Fundament, um darauf seine Fähigkeit zu erkennen wieder aufzubauen. Generell verfasste Descartes seine Werke in der Sprache Latein. Allerdings nutze er ab und zu auch seine Muttersprache Französisch. Dadurch war es mehr Menschen möglich, seine Schriften zu lesen und zu verstehen. So schrieb er das erste Mal 1637 diesem Satz. Anschließend folgte eine Ausführung und Begründung dessen in seinem Werk von 1641, bevor er 1644 das Ganze unter seinem bekannten Satz zusammenfassend darstellte.

Was ist der „Epikureismus"?

Der Epikureismus ist eine Denkrichtung der Philosophie, die auf dem griechischen Philosophen Epikur basiert. Dieser entwickelte sie Ende des 4. Jahrhunderts vor Christus. Bei den Epikurern besteht das höchste Gut in der Lust. Sie sehen die Lust als höchstes Streben der menschlichen Existenz. Damit ist nicht die sexuelle Lust gemeint, sondern Lust im Sinne von Freude und Vergnügen. Epikur verstand darunter die Vermeidung von Schmerz und dauerhaften inneren Frieden. Er wollte seine Schüler zu einem ausgeglichenen Gemüt und somit zur Glückseligkeit führen. Mithilfe verschiedenster Techniken schaffte er es, seine Schüler an den Epikureismus heranzuführen.

Was war der Leitspruch der Aufklärung?

Die lateinische Aussage „Sapere Aude!" gelang zu besonderer Berühmtheit, als der deutsche Philosoph der Aufklärung Immanuel Kant diesen mit der Bedeutung „Habe Mut, dich deines eigenen Verstandes zu bedienen!" 1784 interpretierte. Dadurch wurde dieser Satz zum Leitspruch der Aufklärung. Die Aussage stammt nicht von Kant selber. Diese Aussage tauchte nämlich erstmals in dem ersten Buch der Epistel 20 vor Christus auf. Allerdings besteht diese Aussage nicht nur aus dem einen Teil, sondern einem längeren Satz. Kant war auch nicht der erste, der diese Aussage nutzte. Tatsächlich wurde sie bereits 1740 als Motto verschiedenster bekannter Personen oder Gruppen genutzt. Allerdings kam die Berühmtheit erst durch die Interpretation Kants. Als gesamtheitliche Übersetzung konnte sie sich jedoch nicht durchsetzen. Bei der Aufklärung lag der Kern darin, dass mithilfe des rationalen Denkens jegliche Hindernisse, die dem Fortschritt im Wege stehen, überwunden werden können. So sollte für neues Wissen mehr Akzeptanz geschaffen werden.

Was ist der kategorische Imperativ?

Der kategorische Imperativ ist ein von Immanuel Kant in seiner ethischen Philosophie bekanntes grundlegendes Element. Dabei geht es darum, dass man seine Handlungen immer im Voraus überdenkt und sich die Frage stellt, ob man möchte, dass einem selbst auch so gegenüber gehandelt wird. Kant formulierte ihn 1788 folgendermaßen: "Handle so, dass die Maxime deines Willens jederzeit zugleich als Prinzip einer allgemeinen Gesetzgebung gelten könne." Kurz gesagt lautet der kategorische Imperativ also: was du nicht willst, was man dir tut, das füg' auch keinem anderen zu. Man soll somit für sein Handeln die volle Verantwortung übernehmen und sich nicht durch andere Menschen leiten lassen. Das war damals nämlich weit verbreitet, dass man Weisungen befolgte, ohne sie jemals zu hinterfragen. Wenn du also selber von niemandem angelogen werden möchtest, dann solltest auch du niemandem Lügen erzählen. Letztendlich sollte die Vernunft und keine Fremdbestimmung den Menschen leiten. So wird er auch wissen, was richtig und was falsch ist.

Was ist Ethik?

Die Ethik ist ein Teilbereich der Philosophie. Der Fokus liegt hierbei zum einen auf den Voraussetzungen, und zum anderen auf der Bewertung des menschlichen Handelns. Sehr zentral ist dabei die Frage nach der Moral. Die Moral einer Handlung wird kritisch betrachtet und bewertet. Das Themengebiet wird zu dem Bereich der praktischen Philosophie gezählt, da die Handlung des Menschen im Mittelpunkt steht und nicht nur eine theoretische Betrachtungsweise. Tatsächlich war es Aristoteles, der im 4. Jahrhundert den Ethikbegriff in den Mittelpunkt der Philosophie rückte. Heutzutage werden der Ethik Aufgaben, wie das Aufstellen der Bewertung des Handelns und der Bewertung der Handlungsmotive und -folgen, zuteil. Dabei bauen diese Aspekte auf der Vernunft auf, unter der Annahme, dass der Mensch ein Vernunftwesen ist und auf logischen Argumenten basierend handelt. Allerdings ist Ethik in verschiedenen Bereichen unterschiedlich definiert.

Wer ist Thomas von Aquin?

Thomas von Aquin lebte von 1225 bis 1274. Der Mönch gehörte einem italienischen Dominikanerkloster an. In der Philosophie gilt er als einer der Hauptvertreter der Scholastik. Sein hinterlassenes Werk hat auch heute noch seine Relevanz. Zudem gilt er innerhalb der römisch-katholischen Kirche als Heiliger, seitdem er 1323 von dem damaligen Papst heiliggesprochen wurde. Er kam bereits in jungem Alter mit der Philosophie Aristoteles in Kontakt. Dadurch wurde seine Leidenschaft geweckt und er befasste sich noch intensiver mit dem alten Philosophen. Aquin mauserte sich Stück für Stück zu dem bedeutendsten Interpreten der Philosophie Aristoteles. Letztendlich erschuf er ein umfangreiches Werk, das seinen Glauben mit der Tradition und Philosophie Aristoteles in einer Synthese zusammenbringen soll. Der Philosoph schloss von der Annahme, dass Gott die Natur geschaffen hatte und sie somit einen Wert für ihn haben müsse, darauf, dass durch die Sinneseindrücke, die wir in ihr bekommen können, die Vernunft des Menschen durch seine Schöpfung zu Gott gelangen kann. Für ihn bilden außerdem Leib und Seele eine Einheit und sind nicht getrennt voneinander zu betrachten.

Was sind Stoiker?

Stoiker werden die Menschen genannt, die nach der Philosophie der Stoa leben. Einst von Zenon von Kition angestoßen, entwickelte sich daraus eine Philosophie, die zu den vier großen philosophischen Schulen zählt und auch heute noch oft angewendet wird. Dabei geht es vor allem darum, dass Stoiker gelassen sind, ihre Emotionen im Griff haben und sich durch nichts aus der Ruhe bringen lassen. Möchtest du mehr über das Thema des Stoizismus lernen, dann kann ich dir wärmstens das Buch „***Stoizismus – die Philosophie der Gelassenheit und Resilienz***“ von Johannes Lichtenberg empfehlen. Mehr dazu findest du am Ende dieses Buches.

Kapitel 16: Die Faszination der Bewegung

Sport übt eine gewisse Faszination auf viele Menschen aus. Vor allem in Deutschland schauen wir gerne 22 Männern oder Frauen dabei zu, wie sie auf einem Spielfeld einem Ball hinterherlaufen. Neben Fußball gibt es viele weitere Sportarten, sodass wir in diesem Kapitel unser sportliches Wissen erweitern.

Wofür stehen die Olympischen Ringe?

Das Symbol der Olympischen Spiele sind die fünf farbigen, ineinander verschlungenen Ringe. Jeder Ring symbolisiert dabei einen der fünf Kontinente, die an den Spielen teilnehmen. Die verschlungenen Ringe stehen dabei für Vereinigung und die generelle Idee der Olympischen Spiele. Außerdem sollte erwähnt werden, dass die Zuordnung der Farben zu gewissen Kontinenten nicht von dem Schöpfer dieses Symbols vorgesehen war.

Wann fand die erste Fußball-WM statt?

Die erste Fußball-WM, die jemals als solche ausgetragen wurde, fand im Juni und Juli des Jahres 1930 statt. Dieses Ereignis wurde von 13 Teams, unter anderem Argentinien, Brasilien Frankreich und den USA, in Uruguay bestritten. Es gab vier Gruppen, bestehend aus 1 x 4 und 3 x 3 Teams. Das erste Spiel einer WM überhaupt fand zwischen Mexiko und Frankreich, dem Sieger dieser Partie, statt. Am Ende wurde das Finale zwischen dem Gastgeber der WM selbst und seinem Nachbarn Argentinien bestritten. Das Spiel endete mit einem 4:2 für Uruguay. Zudem handelte es sich um das einzige Finale, in dem sich zwei südamerikanische Mannschaften gegenüberstanden.

Was ist die Nationalsportart Kanadas?

Jede Nation hat seine eigene favorisierte Sportart, die während der Saison mit viel Spannung verfolgt wird. In Kanada gibt es sogar je nach Jahreszeit eine unterschiedliche Nationalsportart.

Zunächst ist die Sportart schlechthin in Kanada Eishockey. Die Sportart an sich gibt schon den Hinweis, dass es sich um die favorisierte Sportart im Winter handelt. Im Gegensatz dazu ist die Sportart des Sommers Lacrosse. Tatsächlich ist Lacrosse die ursprüngliche Nationalsportart des Landes, da sie seit der Gründung des Landes von den Ureinwohnern praktiziert wird. Als 1994 Stimmen aufkamen, die Eishockey zur Nationalsportart machen wollten, einigte man sich in demselben Jahr darauf, die eine Sportart im Sommer, die andere im Winter zur Nationalsportart per Gesetz festzulegen.

Was ist die Tour de France?

Bei der Tour de France handelt es sich um das bekannteste und zugleich bedeutendste Fahrradrennen der Welt. Wie der Name es bereits vermuten lässt, findet dieses Rennen auf verschiedenen Strecken Frankreichs und seiner nahen Umgebung statt. Die Tour de France findet jedes Jahr im Juli seit 1903 statt, jedoch gab es durchaus Unterbrechungen durch die beiden Kriege des 20. Jahrhunderts. Für viele Menschen ist dieses Sportereignis sehr wichtig, sodass es von der Relevanz nach den Olympischen Spielen und der Fußball WM folgt. Von dem Jahr 1984 an gab es auch eine Tour de France für Frauen, allerdings bestand diese lediglich bis zum Jahr 2009. Die Länge der Strecke umfasst in der Regel jedes Jahr um die 3500 km. Diese ist in einzelne Abschnitte, sogenannte Etappen, eingeteilt. Jede Etappe wird an einem anderen Tag gefahren. Insgesamt gibt es 20 oder 21 Etappen.

Was sind E-Sports?

Der Begriff E-Sports bezeichnet keinen Sport im herkömmlichen Sinne, sondern Wettkämpfe, die am Computer stattfinden. Dabei wird ein bestimmtes Computer- oder Konsolenspiel im Mehrspielermodus gespielt. Die jeweiligen Regeln sind dabei von verschiedenen Aspekten abhängig. Zum einen gibt natürlich das Spiel selbst gewisse Regeln vor. Darüber hinaus existieren Wettkampfregeln und Regeln, die der Veranstalter festgelegt hat. Jeder Wettkampf besteht meist aus verschiedenen Disziplinen. Außerdem können sie sowohl individuell als auch mit einer Mannschaft bestritten werden.

Wie oft ist Deutschland bisher Fußball Weltmeister geworden?

In der Geschichte der Fußball-WM ist die deutsche Nationalmannschaft bisher vier Mal als Weltmeister daraus hervorgegangen. Das erste Mal in dem Jahr 1954. Darauf folgten die beiden Gewinnerjahre 1974 und 1990. Danach folgte zuletzt der Sieg im Jahr 2014. Somit ist Deutschland auf dem zweiten Platz der meisten WM-Titel gemeinsam mit Italien. Auf dem ersten Platz ist Brasilien mit fünf Titeln.

Wie heißen die vier wichtigsten Golfturniere?

Die vier wichtigsten Golfturniere werden unter dem Namen der Golf-Major-Turniere zusammengefasst. Konkret heißen sie US Masters, US Open, British Open und US-PGA-Championship. Zusammen bilden sie den Grand Slam des Golfsports. Allerdings finden diese Turniere nicht jedes Jahr auf demselben Platz statt, im Gegensatz zu dem Äquivalent des Tennissports. Einzig die US Masters finden jedes Jahr in Augusta, Georgia USA statt. Dieser Ort besteht als Veranstaltung der US Masters seit 1934. Die British Open werden, wie der Name es schon verrät, auf verschiedenen Plätzen in Großbritannien ausgetragen. Die beiden verbliebenen Turniere finden ebenfalls an unterschiedlichen Plätzen, allerdings in den USA statt.

Was ist die NFL?

Die Abkürzung NFL steht für National Football League. Es handelt sich somit um die amerikanische Profi-Football-Liga, die zum momentanen Zeitpunkt aus 32 Teams besteht. Bevor die richtigen Spiele beginnen, beginnt eine Saison immer mit der Preseason, in der die Testspiele bestritten werden. Anschließend folgen im Laufe von siebzehn Wochen für jedes Team 16 Spiele, die es zu bestreiten gilt. Nach Abschluss der Regular-Season folgen die Play-offs, wo die besten Teams um den Meistertitel spielen. Der Höhepunkt einer Footballsaison und jedes Jahr ein großes Ereignis ist der Super Bowl, der immer am ersten Sonntag des Februars stattfindet. Bei der NFL handelt es sich um die Sportliga mit dem höchsten Umsatz der Welt. Die deutsche Fußball Bundesliga kommt im weltweiten Vergleich auf dem siebten Platz.

Was ist Butterfly?

Unter dem Begriff des Butterfly versteht man die Schwimmart, die auch Delphin oder auf Deutsch Schmetterlingsschwimmen genannt wird. Seit 1953 ist Butterfly als Schwimmart anerkannt Damit ist sie die vierte Schwimmart, die als solche anerkannt wurde. Vorher wurden das Brustschwimmen und das Schmetterlingsschwimmen leicht durcheinander gebracht. Beim Butterfly zieht man beide Arme in einer leicht S-förmigen Bewegung unter Wasser von vorne nach hinten, um sie anschließend aus dem Wasser, am Kopf vorbei erneut ins Wasser zu führen. Mit seinem Körper macht man eine Wellenbewegung und führt gleichzeitig während einer Armbewegung zwei Schläge mit den Füßen aus. Durch die Wellenbewegung des Körpers kommt auch der Name der Schwimmtechnik Delphin zustande. Tatsächlich ist Butterfly die Schwimmart, die an zweiter Stelle der schnellsten Arten, nach dem Kraulen kommt. Außerdem ist Butterfly die zweitanstrengendste Schwimmart nach dem richtig ausgeführten Brustschwimmen.

Wer war der erste Meister im Schwergewicht?

Auch beim Boxen handelt es sich um eine Sportart, die viele Menschen in die Arenen oder vor den Fernseher zieht, um die Boxkämpfe der verschiedenen Gewichtsklassen zu verfolgen. Dabei ist die Schwergewichtsklasse die wohl beliebteste und bekannteste Klasse. In dieser Gewichtsklasse gab es den ersten Weltmeister im Jahre 1885. Es war der amerikanische Boxer John L. Sullivan, der anschließend den Titel bis 1892 inne hatte. An elfter Stelle auf der Liste mit den Schwergewichtskämpfern befindet sich der einzige deutsche Boxer Max Schmeling, der den Titel von 1930 bis 1932 inne hatte. In der

Liste findet man überwiegend amerikanische Boxer. 1999 gewann der Boxer Vitali Klitschko (58.) erstmals den Titel und Wladimir Klitschko (60.) 2000. Beide gewannen anschließend noch mehrmals.

Wie viele Disziplinen gibt es bei Olympia?

Bei den Olympischen Spielen unterscheidet man zwischen den Winter- und Sommerspielen. Je nach Jahreszeit unterscheiden sich somit auch automatisch die jeweiligen Sportarten, in denen der Wettkampf bestritten wird. Welche Sportarten jeweils dazugehören und wie genau die Sportarten stattfinden werden, bestimmt dabei das International Olympische Komitee, kurz IOC. Somit kann die Zahl der Sportarten bei jeden Olympischen Spielen variieren. Zudem wird jede Sportart von einem internationalen Sportverband verantwortet. Jeder dieser Verbände ist von dem IOC anerkannt. Des Weiteren ist es durchaus möglich, dass ein Verband die Verantwortung mehrerer Sportarten hat. Die Sportarten, die bei den Olympischen Spielen vertreten sein werden, unterscheiden sich noch einmal in verschiedene Disziplinen. So ist der Reitsport eine Sportart, die sich unter anderem in Dressur und Springen unterscheidet. Bei den letzten Sommerspielen gab es 41 Sportarten und bei den Winterspielen 15. Die Spiele finden jeweils in einem Vier-Jahres-Rhythmus statt und wechseln sich alle zwei Jahre ab. Somit waren die letzten Sommerspiele 2016 und die letzten Winterspiele 2018. Die nächsten Sommerspiele finden erst im nächsten Jahr statt, aufgrund der aktuellen Umstände.

Was ist ein Triathlon?

Der Triathlon ist ein sportlicher Wettkampf, bestehend aus mehreren Disziplinen. Dabei geht es um einen Ausdauersport, der sich aus den Sportarten Schwimmen, Radfahren und Laufen zusammensetzt. Bei einem Triathlon werden die drei Sportarten in exakt dieser Reihenfolge nacheinander absolviert. Der Name setzt sich aus dem Griechischen zusammen und heißt soviel wie Drei-Wettkampf, also sinngemäßer Dreier-Wettkampf. Ziel eines Triathlons ist es, in der schnellstmöglichen Zeit die Strecke mit der jeweiligen Sportart zu bewältigen.

Dabei unterscheidet sich der Triathlon von anderen Vielseitigkeitssportarten dahingehend, dass die Zeit auch während des Wechsels zu der nächsten Sportart weiterläuft. Seit dem Jahr 2000 ist der Triathlon eine olympische Disziplin.

Was ist die höchstmögliche Zahl beim Darts?

Beim Darts handelt es sich um eine Präzisionssportart, bei der Geschick gefragt ist. Jeder, der schon einmal Darts gespielt hat, weiß, dass es schwerer ist als es aussieht und meistens mehr Würfe daneben gehen, als dass man auch nur einmal den Rand trifft. Irrtümlicherweise würden die meisten vermutlich davon ausgehen, dass die höchste Punktzahl erreicht werden kann, wenn man drei Mal den inneren Kreis der Mitte, das Bulls Eye, trifft. Dafür bekommt man 50 Punkte. Allerdings gibt es die meisten Punkte dafür, wenn man den inneren schmalen Ring bei der 20 trifft und somit eine Triple 20, insgesamt also 60 Punkte, erzielt.

In welcher Sportart findet man den „Doppelten Rittberger"?

Der Rittberger ist eine Figur im Eiskunstlauf oder auch Rollschuhsport. Der Name kommt aufgrund der Prägung der Figur durch den gleichnamigen Eiskunstläufer. Allerdings hat sich dieser Name im englischsprachigen Raum nicht durchsetzen können, sodass dort der Name loop (jump) verwendet wird. Bei dieser Figur läuft der Eiskunstläufer zunächst rückwärts. Dann verlagert er sein Gewicht auf sein rechtes Bein, da beim Passieren der Rechtskurve das Bein so fest wie möglich in den Boden gepresst werden muss. Dadurch wird mehr Standfestigkeit ermöglicht. Anschließend springt der Eisläufer ab und dreht sich mindestens einmal um sich selbst. Aufgekommen wird mit dem Absprungbein. Ein doppelter Rittberger ist diese Figur des Eiskunstlaufens also dann, wenn der Eiskunstläufer sich zwei Mal um die eigene Achse dreht. Die höchste Anzahl an Drehungen gelang 2016 einem japanischen Eiskunstläufer mit vier Umdrehungen.

Kapitel 17: Die praktische Umsetzung menschlicher Erkenntnisse

Auch die Technik sollte man nicht vernachlässigen, schließlich ist sie vor allem in den letzten beiden Jahrzehnten immer relevanter für uns geworden.

Wann gab es das erste Mobiltelefon?

Das erste mobile Telefon wurde von Motorola entwickelt und bekam den Namen Dynatac 8000. Dieses für heutige Verhältnisse riesige Mobiltelefon kam 1983 auf den Markt. Das Telefon wog 800 g und war ganze 33 cm lang. Im Vergleich dazu ist das iPhone 11 Pro Max, das vielen Menschen sicherlich auch riesig und schwer vorkommen wird, nur 226 g schwer und knapp 16 cm lang. Tatsächlich kostete das erste mobile Telefon stolze 4.000 Dollar, was heutzutage für viele unvorstellbar ist. Das erste Smartphone gab es überraschenderweise schon 10 Jahre später. Dieses Smartphone, das über einen Touchscreen verfügte und dazu in der Lage war Mails zu empfangen und zu verschicken, kam von IBM und hieß IBM Simon. Allerdings wurde das Handy nie so bekannt, sodass sich kaum jemand an diesen Meilenstein in der Entstehung des Smartphones erinnert.

Apple und das iPhone

Man kann es lieben oder hassen, aber nicht bestreiten, dass das, was Apple geschafft hat, beeindruckend ist. Es begann am 01.04.1976 in einer Garage. Allerdings handelte es sich dabei nicht um einen Aprilscherz, sondern um drei junge Männer, nämlich Ron Wayne und die beiden Steves, Steve Jobs und Steve Wozniak, die zunächst damit begannen, Personal Computer zu entwickeln. In dieser Konstellation war Steve Wozniak der kreative Computernerd, Steve Jobs der Visionär, der die Unternehmung voranbrachte und Ron Wayne der Vermittler der beiden. Allerdings bestand diese Konstellation lediglich 11 Tage, denn nach dieser Zeitspanne verließ Wayne die Unternehmung und verkaufte seine Anteile für einen Betrag von 2300 US-Dollar.

Steve Jobs war bis kurz vor seinem Tod als CEO von Apple tätig. Er starb 2011 an Bauchspeicheldrüsenkrebs und gehörte bis zuletzt zu dem Vorstand Apples. Im Gegensatz dazu ist Steve Wozniak nach wie vor an Apple beteiligt. Allerdings bezeichnet er sich als normaler Mitarbeiter Apples, der als Einziger seit Beginn des Unternehmens einen Gehaltscheck bezieht. Angefangen mit dem Ziel, einen Computer für jedermann zu produzieren, kamen weitere technische Geräte dazu, die mittlerweile jedem ein Begriff sind, ob man sie mag und nutzt oder nicht. Zuerst erschien 2001 der iPod auf der Bildfläche, darauf folgte 2007 das erste iPhone, damals das iPhone 3. 2010 folgte dann letztendlich das iPad. Währenddessen gab es weiterhin neue Entwicklungen des Computers bis zum iMac, genauso gab es Entwicklungen im Laptopbereich, dem MacBook. Mittlerweile sind wir beim iPhone 12 Pro Max angekommen. Daneben gibt es einige kleinere Produkte wie die Apple AirPods, die Apple Watch oder den Apple Pen. Der Name des Unternehmens kam laut Steve Jobs dadurch zustande, dass er beim Arbeiten auf einer Apfelplantage darauf gekommen ist und der Meinung war, der Name würde gute Dinge vermitteln und den Technikaspekt, der mit Computern einhergehe, relativieren. Das Apple Logo war übrigens bis 1998 mehrfarbig und nicht rein schwarz.

Warum heißt die drahtlose Verbindung Bluetooth?

Bluetooth gibt es seit den 1990er Jahren und man nutzt diese drahtlose Verbindung, um auf kurzen Distanzen Daten direkt verschicken zu können. Dafür nutzt man die Funktechnik WPAN. Der Name Bluetooth ist dabei natürlich etwas merkwürdig, was hat schließlich ein blauer Zahn mit der Datenübertragung zu tun? Allerdings hat es tatsächlich etwas mit einem Blauzahn zu tun, konkret mit Harald Blauzahn, dem dänischen König, der es schaffte, eine Vereinigung verfeindeter Teile Norwegens mit Dänemark herbeizuführen. Dabei ist das Logo ein Zusammenschluss seiner beiden Initialen in Runen. Mit dem Einsatz von Bluetooth sollte die Verbindung zwischen einem Computer und beispielsweise Handy kabellos funktionieren.

Seit wann gibt es Farbfernsehen?

Im Jahr 1938 hat Werner Flechsig das Prinzip der Bilderzeugung in einer Farbbildröhre patentiert und damit einen wichtigen Grundstein für das Farbfernsehen gelegt. Im Jahr 1940 hat Guillermo Gonzaléz Camarena ein System für eine Farbbildübermittlung erfunden und damit ebenfalls einen wichtigen Beitrag geleistet. Im Oktober 1953 begann die Ära des Farbfernsehens in den USA, obwohl das amerikanische Fernsehnetzwerk CBS bereits 1943 ein Farbfernsehsystem vorstellte. Dies war damals jedoch nicht mit den Schwarz-Weiß-Systemen kompatibel und es dauerte 10 Jahre bis zur Kompatibilität. Das Farbfernsehen wurde kompatibel für das Schwarz-Weiß-Fernsehen, man konnte problemlos Farbsendungen empfangen und darstellen, jedoch wurden sie auf nicht farbfähigen Geräten weiterhin nur in Schwarz-Weiß dargestellt. Das beruhte darauf, dass Fernseher damals sehr teuer waren – Farbfernseher waren nochmal ein ganzes Stück teurer. So wurden erst knapp 20 Jahre später, im Jahr 1972, in den USA mehr Farbfernseher verkauft als Schwarz-Weiß-Fernseher. In Deutschland startete das Farbfernsehen um 10:57 Uhr am 25.08.1967, als der damalige Vizekanzler Willy Brandt während der 25. Großen Deutschen Funk Ausstellung einen großen roten Knopf betätigte. Dieser war jedoch nur eine Attrappe und die verantwortlichen Techniker schalteten kurz bevor Brandt den Knopf betätige, auf Farbfernsehen um. Diese Panne blieb von den meisten Bürgern jedoch unbemerkt, da die wenigsten Menschen damals einen Farbfernseher besaßen.

Was ist eine Blockchain?

Eine Blockchain bildet die Grundlage für Kryptowährungen wie beispielsweise dem Bitcoin. Transaktionen werden zu Blöcken zusammengefasst, diese Blöcke werden chronologisch aneinander gehängt, wobei jeder neue Block auf den vorherigen verweist. Dadurch entsteht eine Kette aus Blöcken – die Blockchain. Die Transaktionen sind öffentlich für jeden einsehbar, sodass jeder jede Transaktion nachvollziehen kann. Bevor Transaktionen zur Blockchain hinzugefügt werden können, müssen sie durch ein sehr rechenintensives und aufwendiges

Verfahren validiert werden. Dieses Verfahren wird Proof of Work genannt und wird von Minern erledigt. Miner stellen also ihre Rechenleistung (z.B. ihre Computer) zur Validierung der Transaktionen zur Verfügung und werden dafür in Form der jeweiligen Kryptowährung entlohnt, die auf der Blockchain basiert. Beim Proof-of-Work-Verfahren werden aufwendige mathematische Puzzle gelöst, um die Transaktionen zu validieren, zu einem Block hinzuzufügen und letztlich den Block zur Blockchain hinzuzufügen. Dieses Puzzle kann nur durch Raten gelöst werden, sodass die Miner so lange raten, bis einer die Lösung errät – dieser Miner kann dann den Block hinzufügen und wird dafür belohnt. Wenn jemand nachträglich eine Transaktion in einem älteren Block ändern will, muss für jeden einzelnen darauffolgenden Block das Proof-of-Work-Verfahren erneut erbracht werden und die geänderte Transaktion muss von einer Mehrheit der Miner validiert werden – dieser enorme Rechenaufwand macht das Manipulieren und Fälschen von Transaktionen quasi unmöglich.

Wann wurde die erste E-Mail verschickt?

E-Mail steht für electronic mail, also für elektronische Post und wurde 1971 von Ray Tomlinson erfunden. Ray arbeitete für das Unternehmen Bolt Beranek and Newman (BBN), das ein Computernetz für das US-Verteidigungsministerium aufbauen sollte – das Arpanet, dem Vorgänger des heutigen Internets. Im Winter kam Ray die Idee für die E-Mail, sodass er sechs Stunden später das fertige Programm geschrieben hatte und sich selbst die erste Mail von einem seiner Computer an einen anderen Computer von ihm, sogar in demselben Zimmer, geschickt hatte. Ray wählte damals auch das @ aus, um den Empfänger (der vordere Teil der E-Mail) von dem Absender (der hintere Teil) zu trennen. Denn das @ kommt nicht in Firmen- oder Personennamen vor, sodass es nicht zu einer Verwechslung kommen kann. So haben wir Ray die E-Mail und das Aussehen der E-Mail-Adresse zu verdanken. Übrigens kam in Deutschland die erste E-Mail am 03.08.1984 um 10:14 Uhr in Karlsruhe an. Diese E-Mail wurde einen Tag zuvor, am 02.08.1984 um 12:21 Uhr in den USA verschickt und begrüßte die Universität Karlsruhe offiziell als neues Mitglied im CSNET, einem damaligen Netzwerk für Universitäten.

Was unterscheidet LTE von 3G?

Wenn man auf seinem Handy die mobilen Daten nutzt, um im Internet agieren zu können, dann erscheint eine Verbindungsanzeige, aufgrund derer das Internet schneller und besser funktioniert oder eben nicht. Bei der Bezeichnung 3G ist der Mobilfunkstandard der dritten Generation gemeint. LTE ist der aktuellste Mobilfunkstandard, nämlich der der vierten Generation. Aktuell ist auch bereits die Rede von 5G, aber viel weiter ist man mit der Entwicklung auch nicht. 3G und LTE, oder auch 4G, unterscheiden sich also in ihrer Bandbreite. Es geht also um die jeweilige Signalverarbeitung, die einen Unterschied macht. So liegt die Verarbeitung beim 3G-Netz bei 7,2 MBit pro Sekunde. Im Gegensatz dazu hat 4G eine Bandbreite von etwa 300 MBit pro Sekunde. Das klingt so als wäre 4G ultraschnell und vor allem erheblich schneller als 3G, jedoch würde bei dem ganz normalen Surfen im Netz kaum ein Unterschied bemerkbar werden. Einzig und allein der immer weiter voranschreitende Ausbau des 4G-Netzes wäre ein überzeugendes Argument.

Was ist das Darknet im Gegensatz zum Deepweb?

In den Medien hört man immer wieder Begriffe wie Darknet, Darkweb oder Deep Web – doch was hat es damit eigentlich auf sich? Das „normale“ Internet, wie du es kennst, wird als Clear Web bzw. World Wide Web, kurz WWW, bezeichnet. Dieser Teil macht etwa 10 % vom gesamten Internet aus, ist frei zugänglich und über Suchmaschinen wie Google aufrufbar. Zudem werden Daten und IP-Adressen der Nutzer gespeichert. Der Rest wird als Deep Web bezeichnet und ist nicht über Suchmaschinen erreichbar, da dieser Teil vom Internet nicht frei zugänglich ist. Du warst schon unzählige Male im Deep Web unterwegs, ohne es zu wissen, zum Beispiel beim Online Banking. So lassen sich im Deep Web Datenbanken von Universitäten oder Regierungen, bezahlte Inhalte oder „Mitarbeiterbereiche“ von Unternehmen finden. Das Deep Web kann zudem über normale Browser wie Firefox, Safari oder Chrome betreten werden – das Darknet dagegen ist nur über einen speziellen Browsers, dem TOR Browser, erreichbar. Das

Darknet ist ein Teil vom Deep Web, der ein anonymes Benutzen ermöglicht und ohne jegliche staatliche oder behördliche Reglementierung auskommt. Die Kommunikation ist verschlüsselt und Daten werden nicht gespeichert, was besonders für Menschen in stark überwachten und zensierten Ländern wie China ein Vorteil ist, aber auch Kriminellen in die Hände spielt. Im Darknet lässt sich so ziemlich alles finden, was es gibt – Baupläne für Bomben, Waffen, Rezepte für Drogen, gefälschte Dokumente und so weiter. Auch normale Internetseiten mit Nachrichten, Foren, Radioprogramme und generell alles im Clear Web findet man dort. Illegale Inhalte machen nur einen Bruchteil vom Deep Web bzw. vom Darknet aus. Somit ist das Darknet perfekt für alle Menschen, die anonym kommunizieren wollen.

Wofür steht HD-TV?

Sogenannte HD-TVs ziehen in immer mehr Haushalte ein. Dabei steht diese Abkürzung für High Definition Television. Das bezieht sich somit auf die Auflösung des Fernsehbildes. Diese Auflösung ist höher auf vertikaler, horizontaler und temporaler Ebene. Somit ist das Bild zum einen in beide Richtungen des Bildschirms besser und zusätzlich ist die Anzahl der Bilder pro Sekunde verbessert. Bei der Bildqualität in HD kann man das Bild deutlich detaillierter sehen, da die einzelnen Pixel eine erheblich verbesserte Auflösung haben, so ist es einem möglich, bei entsprechender Bildschirmgröße sogar Gesichtsporen problemlos erkennen zu können.

Wer ist Anonymous?

Hinter Anonymous stehen Einzelpersonen oder Gruppen, die durch Hacken oder Demonstrationen auf gewisse Dinge aufmerksam machen oder diese aufdecken. Dabei gibt es keinen Anführer, was das Logo zeigen soll. Außerdem assoziiert man damit die Vendetta-Maske. Mittlerweile gab es Aktionen gegen Aspekte wie die Redefreiheit, Institutionen oder Großkonzerne. Zu Anfang wurde ausschließlich im Internet agiert, allerdings wird mittlerweile auch abseits dessen gehandelt, wie beispielsweise bei Demonstrationen.

Kapitel 18: Die ökonomische Bedürfnisbefriedigung

Du wirst es dir vielleicht bereits gedacht haben. Denn selbstverständlich geht es in diesem Kapitel um das Thema Wirtschaft. Ohne die Wirtschaft würden viele Aspekte des täglichen Lebens ganz anders aussehen. Zusätzlich finden sich hier Aspekte des Finanzwesens.

Was ist der Bankfeiertag?

Mit dem Begriff des Bankfeiertages, sind Tage gemeint, die nicht zu den regulären freien Tagen, wie Samstag und Sonntag zählen, aber an denen dennoch die Banken nicht arbeiten und somit geschlossen sind. Dazu zählen zum einen reguläre Feiertage, wie der Tag der Deutschen Einheit oder die Weihnachtsfeiertage, aber auch Silvester und Heiligabend, an denen die Geschäfte in der Regel verkürzt öffnen.

Von wem wird der Euro reguliert?

Der Euro, der im Jahr 1999 zunächst als Buchgeld und seit 2002 dann auch als Bargeld eingeführt wurde, wird von der Europäischen Zentralbank reguliert. Diese hat ihren Sitz in Frankfurt am Main. Die Europäische Zentralbank reguliert somit, wie viel Geld in Umlauf gebracht wird. In Deutschland hat der Euro die D-Mark abgelöst und wurde als gemeinschaftliche Währung der Mitgliedsstaaten der EU eingeführt.

Was ist ein Monopol, was ein Polypol?

Unter dem Begriff des Monopols versteht man in der Volkswirtschaft den Zustand, wenn ein einziger Anbieter vielen Nachfragern gegenübersteht und somit die „Allgemeinherrschaft“ inne hat. Eine andere Marktform, die überwiegend anzutreffen ist, ist das Polypol.

Dabei gibt es viele Nachfrager und viele Anbieter. Um zu verhindern, dass sich ein Monopol bildet und somit der Wachstumsanspruch verschwindet, darf die Regierung eingreifen, sollten solche Strukturen erkennbar sein. Früher bestanden einige Monopole, die nach und nach aufgelöst wurde.

Was ist das „Ökonomische Prinzip"?

Das ökonomische Prinzip sagt aus, dass man die gegebenen Ressourcen, die einem als Unternehmen zur Verfügung stehen, rational nutzt, um das höchstmögliche Ergebnis am Ende zu bekommen. Man geht dabei vor allem von zwei grundlegenden Dingen aus: Die Ressourcen sind knapp und der Mensch ist ein rein rationales Wesen. Darüber hinaus gibt es zwei Vorgehensweisen, die man nutzt – das Minimum- und Maximalprinzip. Dabei sagt das Minimumprinzip aus, dass ein zuvor festgesetztes Ergebnis mit dem minimalen Einsatz erzielt wird. Im Gegensatz dazu sagt das Maximalprinzip aus, dass ein festgelegter mittlerer Einsatz zu dem maximalen Output führt.

Was ist eine Inflation?

Eine Inflation liegt vor, wenn das Preisniveau von Gütern ansteigt und gleichzeitig das Geld entwertet wird. Das bedeutet, dass Produkte teurer werden und man somit für das gleiche Geld weniger Waren bekommt. Ob eine Inflation vorliegt oder nicht, wird anhand eines, die jeweilige Volkswirtschaft repräsentierenden Warenkorbs ermittelt. Das Gegenstück zur Inflation stellt die Deflation dar. Dann ist es so, dass das Preisniveau der Waren sinkt, man sich also mehr für sein Geld leisten kann. Klingt im ersten Moment für den Konsumenten nach einer guten Sache, allerdings führt es nach einiger Zeit zu einem Absatzrückgang, sodass eine regelrechte Spirale entsteht. Damit es weder in das eine noch in das andere Extreme geht, ist es Aufgabe der EZB, die Preisniveaustabilität im Auge zu behalten. Dabei wird tendenziell eher eine kleine Teuerung angestrebt als eine Deflation. Die dabei angestrebte Rate liegt bei aktuell 2 %, wird jedoch jedes Jahr neu berechnet.

Was ist ein Saldo?

Ein Saldo ist die Differenz, die am Ende bei der doppelten Buchführung entsteht, wenn man sowohl die Haben- als auch die Sollseite berechnet. Übersetzt heißt das Wort so viel wie ausgleichen, da man es als Differenzbetrag nimmt. An sich ist ein Saldo neutral, kann somit überall zum Einsatz kommen, beispielsweise sowohl auf der Haben- als auch der Sollseite. Wenn der Betrag der Sollseite die Habenseite überwiegt, kommt es zu einem Sollsaldo, man richtet sich bei der Benennung also nach der Seite, auf der der höhere Betrag vorhanden ist. Allerdings wird dieses Saldo dann auf der geringen Seite ausgefüllt, damit beide Seiten ausgeglichen werden.

Was versteht man unter der doppelten Buchführung?

Als doppelte Buchhaltung versteht man ein kaufmännisches System der Buchführung. Dabei werden Geschäftsvorfälle, also Einnahmen oder Ausgaben, doppelt verbucht, nämlich einmal auf dem Konto und dem Gegenkonto. Darüber hinaus wird der Begriff ebenfalls verwendet in Bezug auf die Ermittlung des Erfolgs innerhalb jeder Geschäftsperiode. Dieser wird nämlich zum einen durch die Bilanz und zum anderen durch die Gewinn- und Verlustrechnung, kurz GuV, erfasst. Die doppelte Buchführung findet man im Handelsgesetzbuch ausführlicher beschrieben.

Was ist das Bruttonationaleinkommen?

Das Bruttonationaleinkommen, kurz BNE, früher noch Bruttosozialprodukt genannt, ist eine wirtschaftliche Kennzahl, die Aufschluss über das Einkommen einer Volkswirtschaft gibt. Der BNE wird berechnet, indem man sich das Einkommen aller in einem Land lebenden Menschen innerhalb einer Periode anschaut. Dabei spielt es keine Rolle, ob diese Einkommen im Inland oder Ausland erwirtschaftet wurden.

Was ist ein Freihandelsabkommen?

Freihandelsabkommen werden meist zwischen zwei Staaten getroffen, damit der Handel ohne Handelshemmnisse jeglicher Art stattfinden kann. Abgesehen von diesem Abkommen, können die Staaten den Handel mit anderen Staaten unabhängig voneinander regeln. Es entsteht somit keine Abhängigkeit voneinander aufgrund dieses Abkommens.

Was ist Humankapital?

Der Begriff des Humankapitals wird in den Wirtschaftswissenschaften genutzt und bezieht sich auf das Wissen und die Bestandteile dessen, das an eine Person gebunden und in dem jeweiligen Kopf vorhanden ist. Somit wird es auch als Investition in Bildung gesehen. Laut der Produktionsfaktoren Gutenbergs ist das Humankapital für die Produktion eines Unternehmens genauso relevant wie das finanzielle Kapital. Wenn man das Humankapital verschiedener Bildungsgruppen ermitteln möchte, werden verschiedene Tests angewendet. Beispielsweise kann man sich den Schulabschluss oder die absolvierten Schuljahre anschauen. Aber auch andere Möglichkeiten des Messens werden genutzt. Unter dem Begriff des betrieblichen Humankapitals nimmt man Bezug auf die Relevanz motivierten und qualifizierten Personals, um dem Wettbewerb standhalten zu können.

Was unterscheidet Vor- & Umsatzsteuer?

Bei den vielen verschiedenen Steuerarten, die es heutzutage gibt, steigt keiner mehr so wirklich durch, welche Steuerart was bedeutet. Häufig werden somit vor allem Vor- und Umsatzsteuer durcheinander gebracht. Allerdings sind diese beiden Wörter bei weitem nicht dasselbe. Bei der Vorsteuer handelt es sich nämlich um die Steuer, die ein Unternehmen zahlt, wenn es Geld für etwas ausgibt. Diese wird auf der Rechnung ausgestellt. Im Gegensatz dazu wird die Umsatzsteuer ausgewiesen, wenn das Unternehmen Einnahmen generiert. Die Vorsteuer wird am Ende vom Finanzamt zurückerstattet, während die

Umsatzsteuer abgeführt werden muss. Beide Begriffe können gemeinsam unter dem Begriff der Mehrwertsteuer gefasst werden.

Was sagt die Arbeitslosenquote aus?

Mit der Arbeitslosenquote wird das Verhältnis zwischen den Erwerbstätigen und Erwerbslosen dargestellt. Die Quote zeigt somit auf, wie viele Menschen arbeiten könnten, aber keiner Arbeit nachgehen, im Gegensatz zu den Menschen, die arbeiten könnten und einer Tätigkeit nachgehen.

Wie funktioniert die Kleinunternehmerregelung?

Wer gerne selbstständig tätig sein möchte, aber nicht abschätzen kann, wie erfolgreich die Unternehmung wird oder keine extrem hohen Zahlen haben möchte, kann auf die Kleinunternehmerregelung zurückgreifen. Dafür ist nur wichtig, dass man den Betrag von 17.500€ Umsatz nicht übersteigt. Außerdem darf man im Folgejahr 50.000€ nicht überschreiten. So sein Gewerbe anzumelden, hat vor allem steuerliche Vorteile. Denn letztendlich entfällt so die monatliche Umsatzsteuervoranmeldung und die Steuererklärung ist auch deutlich vereinfacht. Auf Rechnungen wird auch keine Mehrwertsteuer ausgewiesen, da Kleinunternehmer von dieser Pflicht befreit sind.

Was ist der Leitzins?

Die Festlegung des Leitzins stellt in Bezug auf die Geldpolitik das relevanteste Steuerungsinstrument dar. Das hängt damit zusammen, dass eine Beeinflussung der Geldaufnahme und -anlage der anderen Banken stattfindet. Letztendlich handelt es sich bei dem Leitzins um einen von der Zentralbank festgelegten Zinssatz, der bestimmt, mit welchem Wert Geschäfte mit anderen Banken getätigt werden und wie hoch die Kosten für ihre Refinanzierung sind. Dadurch reguliert die EZB die Geldmenge, die im Umlauf ist. Somit nimmt der Leitzins Einfluss auf die Entstehung einer möglichen In- oder Deflation. Der Leitzins wirkt sich auch auf unsere Volkswirtschaft aus. Steigt der

Leitzins, kommt es zur Stagnation, sinkt der Leitzins, kommt es zu einer Expansion. Ob und inwiefern der Leitzins sich ändert, wird von dem EZB-Rat beschlossen.

Was ist eine Aktie?

Bei Aktien handelt es sich um Wertpapiere, die von einem Unternehmen ausgegeben werden. Mit dem Kauf von Aktien erwirbt man Anteile an einer Aktien- oder Kommanditgesellschaft. Dabei können nur Aktien ausgegeben werden, wenn das Unternehmen an der Börse gehandelt wird. Die Aktien werden zur Beschaffung von Eigenkapital ausgegeben. Mit dem Erwerb einer Aktie gehen damit verschiedene Rechte und Pflichten einher. Unternehmen können beschließen, Dividenden an ihre Aktionäre auszuzahlen, die als Gewinnbeteiligung am Unternehmen fungieren. Alternativ spekuliert man auf eine Wertsteigerung der Aktie, um so einen Gewinn aus dem Investment zu ziehen.

Was ist eine GmbH?

Die Abkürzung GmbH steht für Gesellschaft mit beschränkter Haftung. Es handelt sich um die Rechtsform einer juristischen Person, die zu den Kapitalgesellschaften zählt. Die GmbH ist die meistgenutzte Gesellschaftsform, was vor allem mit der beschränkten Haftung zusammenhängt. Konkret bedeutet es, dass nur mit dem Geld im Unternehmen selbst gehaftet werden kann, nicht aber mit dem Privatvermögen. Damit war die deutsche GmbH die erste Rechtsform, die diese beschränkte Haftung beinhaltete. Mittlerweile gibt es allerdings ähnliche Rechtsformen in anderen Ländern. Die GmbH wird mit einem Stammkapital von 25.000€ gegründet. Allerdings reicht es aus, wenn die Hälfte des Geldes vorhanden ist. Wenn man bei der Gründung nicht so viel Geld zur Verfügung hat und auch keinen Kredit aufnehmen möchte, gibt es seit 2008 die Möglichkeit der Gründung einer UG – einer Unternehmergesellschaft, die ebenfalls beschränkt haftbar ist. Dabei beträgt das Stammkapital mindestens 1 €, weswegen das Ganze oft Mini-GmbH genannt wird. Später kann eine UG dann auch recht problemlos in eine GmbH umgewandelt werden.

Kapitel 19: Wer hat es gesagt?

In diesem Kapitel sollen abschließend einige wichtige Zitate behandelt werden, die einen Einfluss hatten und von großen Persönlichkeiten getätigt wurden.

» Veni. Vidi. Vici. « [Ich kam, sah und siegte.]

Dieses Zitat stammt von Caesar. Gaius Julius Caesar war ein römischer Staatsmann und Feldherr. Die Worte sagte er nach der Schlacht bei Zela. Er lebte von 100 vor Christus bis 44 vor Christus. Caesar wirkte maßgeblich dabei mit, dass das Römische Reich in ein Kaiserreich umgewandelt wurde.

» Für Wunder muss man beten, für Veränderungen arbeiten. «

Thomas von Aquin sagte diese Worte. Etwas genauer ging es bereits in dem Themenbereich Philosophie um diesen Philosophen und römisch-katholischen Theologen. Er lebte von 1225 bis 1274. Zudem gilt er als katholischer Heiliger.

***» Sei du selbst die Veränderung,
die du dir wünscht für diese Welt. «***

Sagte einst Mahatma Gandhi, der von 1869 bis 1948 lebte. Er war indischer Rechtsanwalt und gilt darüber hinaus als politischer Anführer der indischen Unabhängigkeitsbewegung.

***» Wir denken selten an das, was wir haben,
aber immer an das, was uns fehlt. «***

Stammt von Arthur Schopenhauer, einem deutschen Philosophen, der von 1788 bis 1860 lebte. Er sah sich als Schüler und Vollender Kants.

» Sein oder nicht sein; das ist hier die Frage. «

Das Zitat stammt von Shakespeare, der es in seinem Stück „Hamlet“ verwendete. Sein Charakter Hamlet führt einen Monolog, den er mit diesem Satz beginnt. Anschließend geht es darum, dass er Angst vor dem Tod hat, obwohl er Weltschmerz und eine Sehnsucht nach dem Tod verspürt. Das Stück wurde Anfang des 17. Jahrhunderts von dem Dramatiker veröffentlicht.

» Dies ist ein kleiner Schritt für einen Menschen, aber ein gewaltiger Sprung für die Menschheit. «

Neil Alden Armstrong, der von 1930 bis 2012 lebte, war ein US-amerikanischer Testpilot und Astronaut. Seine Worte sprach er, nachdem er am 21.07.1969 als erster Mensch den Mond beschritt.

» Ich kann gar nicht so viel Fressen wie ich kotzen möchte. «

Diese Worte fand Max Liebermann, ein deutscher Maler des Impressionismus, nachdem Adolf Hitler an die Macht kam. Er lebte von 1847 bis 1935. Da der Nationalsozialismus anschließend im Deutschen Reich, vor allem auch den Antisemitismus betreffend zunahm und Liebermann jüdischer Abstammung war, verlebte er seine letzten beiden Jahre zurückgezogen in Berlin.

» Ich habe einen Traum, dass meine vier Kinder eines Tages in einer Nation leben werden, in der man sie nicht nach ihrer Hautfarbe, sondern nach ihrem Charakter beurteilen wird. «

Martin Luther King Jr. lebte von 1929 bis 1968. Er war US-amerikanischer Babtistenpastor und Bürgerrechtler. Bekanntheit erlangte er vor allem durch seine Bemühungen in der Abschaffung der Rassentrennung. Im Vordergrund lag bei ihm das gewaltfreie Vorgehen. Vor allem als Redner der Bürgerrechtsbewegung machte er sich einen Namen. Seine bekanntesten Worte, zu denen auch das genannte Zitat gehört, entstammen seiner Rede „I Have a Dream". Diese hielt er beim „Marsch auf Washington für Arbeit und Freiheit" am 28.08.1963. Dabei waren 250.000 Menschen, die seiner Rede beiwohnten. Letztendlich waren seine Bemühungen, die eine Bewegung in Gang setzten, erfolgreich, sodass auch afroamerikanische Bürger das Wahlrecht in den US-Südstaaten bekommen haben und die Rassentrennung aufgehoben wurde. Seinen Tod fand er am 04.04.1968 beim „Attentat in Memphis", bei dem er erschossen wurde.

» *Nicht den Tod sollte man fürchten, sondern dass man nie beginnen wird, zu leben.* «

Diese Worte fand Marcus Aurelius, ein römischer Kaiser und berühmtester philosophischer Vertreter der Stoa. Er lebte von 121 bis 180. Mit dem Ende seiner Herrschaft, die von 161 bis 180 ging, endete eine Periode des Römischen Reichs, in der Stabilität und ein Hoch der Wirtschaft vorhanden waren. Davon abgesehen war er der letzte Adoptivkaiser. Damit waren bis dahin Kaiser gemeint, die die kaiserliche Nachfolge nicht durch Verwandtschaft erbten, sondern gewählt wurden. Da Marc Aurels Sohn nach ihm die Herrschaft übernahm, ging damit diese Periode zu Ende.

» *Das Leben ist wie eine Schachtel Pralinen, man weiß nie, was man bekommt.* «

Ist wohl eine der bekanntesten Aussagen, die eines Films entstammt. Sie stammt aus dem Film „Forrest Gump" und wird von selbigem getätigt. Der Film stammt aus dem Jahr 1994, mit Tom Hanks in der Hauptrolle. In dem Film geht es um Forrest Gump, der auf einer Bank sitzend verschiedenen Menschen seine Lebensgeschichte erzählt. Dabei stehen zu Anfang sein geringerer Intelligenzquotient und seine Beinbehinderung im Vordergrund. Dadurch wird er gehänselt, was irgendwann dazu führt, dass er bei einer Flucht seine Gehhilfen verliert und feststellt, dass er ein schneller Läufer ist. Dieses Zitat tätigt Forrest ebenfalls bei der Wiedergabe seiner Geschichte beim Sitzen auf der Bank.

» Die besten Dinge im Leben sind nicht die, die man für Geld bekommt. «

Ist ein Zitat, das Albert Einstein tätigte. Einstein war ein deutscher Physiker, der von 1879 bis 1955 lebte. Dabei ist sein wohl bekanntestes Werk die Relativitätstheorie. Er gilt als ein Genie der Naturwissenschaften. Darüber hinaus hatte er im Laufe seines Lebens mehrere Staatsbürgerschaften inne. So war er von Geburt her Staatsbürger Württembergs. Von 1896 an war er fünf Jahre staatenlos, bevor er danach Staatsbürger der Schweiz war. Darauf folgten die Zugehörigkeit zu Österreich und dann dem Deutschen Reich. Letztendlich wurde Einstein aus dem Deutschen Reich strafausgebürgert, was damit zusammenhing, dass Einstein selber nach der Machtergreifung Hitlers seinen Pass abgab. So war er bis zu seinem Tod Staatsbürger der Schweiz und erwarb zusätzlich die US-amerikanische Zugehörigkeit.

» Zwischen Hochmut und Demut steht ein drittes, dem das Leben gehört, und das ist der Mut. «

Dieses Zitat stammt von Theodor Fontane. Er war ein deutscher Schriftsteller, der dem Realismus zugeordnet wird. Fontane lebte von 1819 bis 1898. Sein Grab in Berlin ist ein Ehrengrab des Landes Berlin. Eines seiner bekanntesten Werke, das gerne in der Schule behandelt wird, ist „Effie Briest" von 1894.

» Erfahrung ist nicht das, was einem zustößt. Erfahrung ist das, was man aus dem macht, was einem zustößt. «

Der britische Schriftsteller Aldous Huxley sprach diese Worte im Laufe seines Lebens. Er lebte von 1894 bis 1963 und galt als Universalgelehrter. Bekanntheit erlangte er durch verschiedene Romane und Essays, darunter sein Werk „Schöne neue Welt“ von 1932. Dabei handelt es sich um eine Dystopie, die neben Orwells „1984", als bekannteste Werke gelten, die das Thema der totalitären Diktatur behandeln. 1937 wanderte Huxley von England nach Amerika aus.

» *Wer kämpft, kann verlieren. Wer nicht kämpft, hat schon verloren.* «

Ist ein Zitat von Bertolt Brecht. Er war ein deutscher Dramatiker und Lyriker, der einen großen Einfluss genoss. Zudem war er Begründer des epischen Theaters. Dabei verband er die Richtung der Epik mit dem Drama. Er lebte von 1898 bis 1956. Zu seinen bekanntesten Werken gehören „Die Dreigroschenoper“, das 1928 uraufgeführt wurde oder „Die heilige Johanna der Schlachthöfe“, mit seiner Uraufführung im Jahr 1959.

» *Ein Mann kann anziehen was er will, er bleibt doch immer nur das Accessoire der Frau.* «

Stammt von einer der herausragendsten Persönlichkeiten der Modegeschichte Coco Chanel. Eigentlich hieß sie Gabrielle Chanel und lebte von 1883 bis 1971 in Frankreich. Im Jahr 1910 begann sie mit der Gründung ihres Modeimperiums. Ihren Einfluss hatte sie dabei vor allem im Bereich der Haute Couture. In den 1920er Jahren erschuf sie das „Kleine Schwarze“, das seitdem in nahezu jedem Schrank einer Frau zu finden ist. Außerdem kreierte sie 1922 „Chanel N°5", ein Parfüm, das seitdem weltbekannt ist und das meistverkaufteste der Welt ist. Zwei Wochen nach dem Tod der Modeschöpferin wurde ihre letzte entworfene Modelinie gezeigt. Jedoch war mit dem Tod Coco Chanels kein Ende des Erfolges des Unternehmens in Sicht. Vor allem durch die Übernahme der Leitung Karl Lagerfelds als Chefdesigner 1983 bekam Chanel einen richtigen Aufschwung und gelang zu seiner heutigen Bekanntheit und Größe.

Schlusswort

Nun hast du mit diesem Buch das Werkzeug des Allgemeinwissens an die Hand bekommen. Außerdem kannst du mithilfe der Lerntechniken besser das Wissen behalten und dir wird das Merken erheblich leichter fallen. Dementsprechend zögere nicht länger, sondern beginne jetzt wieder Spaß am Lernen zu haben und mit deinem Wissen jederzeit punkten zu können.

Wenn dir dieses Buch gefallen und geholfen hat, dann würde ich mich sehr über dein Feedback freuen. So kannst du anderen Menschen ebenfalls dabei helfen, dieses Buch für sich zu entdecken.

Gehe dazu auf

www.amazon.de/ryp

und hinterlasse eine Rezension - du kannst das in 2 Minuten erledigen und hilfst mir und anderen Wissbegierigen dadurch enorm weiter.

Viel Spaß und viel Erfolg

Frederik Holm

Weitere Werke des Autors

EINSERKANDIDAT
Stressfrei zur Bestnote

- Frederik Holm -

In diesem Buch erfährst du:

✓ Wie du mit genialen Lerntechniken endlich das Lernen lernst.

✓ Wie du stressfrei Bestnoten schreiben kannst.

✓ Wie du vom Aufschieber zum Lernprofi wirst.

Und noch Vieles mehr!

Weitere Werke von KR Publishing

STOIZISMUS

- Johannes Lichtenberg -

In diesem Buch erfährst du:

✓ Wie du zum Fels in der Brandung wirst und jede Situation meisterst.

✓ Wie du die unerschütterliche Gelassenheit eines Mönchs erlangst.

✓ Wie du resistent gegen Stress wirst und dich nie wieder aufregst.

Und noch Vieles mehr!

Die Macht der
Emotionalen Intelligenz

- Johannes Lichtenberg -

In diesem Buch erfährst du:

✓ Wie du deine emotionale Intelligenz schnell & einfach erhöhen kannst.

✓ Wie du durch einen höheren EQ erfolgreicher im Leben werden kannst.

✓ Wie du die emotionalen Intelligenz effektiv im Alltag anwenden kannst.

Und noch Vieles mehr!

Konfliktfrei durch
Gewaltfreie Kommunikation

- Johannes Lichtenberg -

In diesem Buch erfährst du:

✓ Wie du Konflikte gewaltfrei löst.

✓ Wie du eine Beziehungen langfristig verbessern kannst.

✓ Wie du deine Gesprächspartner unbemerkt analysieren kannst.

Und noch Vieles mehr!

Erfolgreich durch
NLP

- Johannes Lichtenberg -

In diesem Buch erfährst du:

- ✓ Wie du dein Unterbewusstsein auf Erfolg programmierst.
- ✓ Wie du schlechte Gewohnheiten fast mühelos ablegen kannst.
- ✓ Wie du deine Disziplin extrem steigern kannst

Und noch Vieles mehr!

Die Klartraum
Methode

- Paula Weinbach -

In diesem Buch erfährst du:

- ✓ Wie du jeden Tag zusätzlich einige Stunden an wertvoller Zeit gewinnst.
- ✓ Wie du dein Unterbewusstsein erforschen und programmieren kannst.
- ✓ Wie du komplexe Probleme im Schlaf löst und kreativer wirst.

Und noch Vieles mehr!

Intervallfasten
für Frauen

- Pauline Höppner -

In diesem Buch erfährst du:

- ✓ Wie du ohne Sport effektiv und langfristig abnehmen kannst.
- ✓ Wie du nur mit einer Stoppuhr dir die Kilos schmelzen lässt.
- ✓ Wie du ohne Verzicht auf Süßes deine Wunschfigur erreichen kannst

Und noch Vieles mehr!

Lust auf mehr? Unser Geschenk an dich!

Vielen Dank für den Kauf von diesem Buch und deinem damit verbundenen Vertrauen in uns als Herausgeber und in Frederik Holm als Autor dieses großartigen Buchs. Das bedeutet uns wirklich viel, weshalb wir dir den Ratgeber „Habit Hacks - 10 unscheinbare Schlüssel Gewohnheiten, die dein Leben verändern", als Download schenken vollkommen gratis! Zudem möchten wir dir die Möglichkeit eines direkten Austauschs mit dem Autor anbieten. So kannst du z.B. deine Fragen, dein Feedback oder deine Anregungen Frederik zukommen lassen - eine tolle Möglichkeit für die Kommunikation zwischen Leser und Autor!

Diese kleinen und unscheinbaren Schlüssel Gewohnheiten verändern dein Leben - erfahre:

- ✓ wie eine kleine Veränderung beim Duschen deine Disziplin stärkt und dir einen Energiekick verschafft...
- ✓ wie eine Prise Salz dir einen Kickstart am Morgen verschaffen kann...
- ✓ wie eine kleine Einstellung an deinem Smartphone & Computer deinen Schlaf verbessert...
- ✓ noch weitere geniale und unscheinbare Habit Hacks!

Wenn du bereit bist, dein Leben mit einigen simplen Habit Hacks auf das nächste Level zu bringen, dann gehe jetzt auf

www.KRPublishing.de/alg

und sichere dir dein kostenloses Exemplar als digitalen Download.

Impressum

Herausgeber:

KR Publishing UG (haftungsbeschränkt)
Mundsburger Damm 26
22087 Hamburg
Deutschland

Printed in Poland
by Amazon Fulfillment
Poland Sp. z o.o., Wrocław

94511706R00074